台灣南島語言④

邵語參考語法

黃美金◎著

台灣南島語言④

邵語參考語法

作　　者／黃美金
發 行 人／王榮文
出版發行／遠流出版事業股份有限公司
　　　　　臺北市南昌路二段81號6樓
　　　　　郵撥／0189456-1　電話／2392-6899
　　　　　傳眞／2392-6658
香港發行／遠流（香港）出版公司
　　　　　香港北角英皇道310號雲華大廈4樓505室
　　　　　電話／2508-9048　傳眞／2503-3258
　　　　　香港售價／港幣83元
法律顧問／王秀哲律師・董安丹律師
著作權顧問／蕭雄淋律師
2000年3月1日　初版一刷
2006年9月1日　初版二刷
行政院新聞局局版臺業字第1295號
新台幣售價250元　（缺頁或破損的書，請寄回更換）
有著作權・侵害必究　Printed in Taiwan
ISBN　957-32-3980-X
YL*ib* 遠流博識網
http://www.ylib.com　　　　E-mail:ylib@ylib.com

《獻辭》

我們一同將這套叢書獻給台灣的原住民同胞，感謝他們帶給世人無比豐厚的感動。

我們也將這套叢書獻給李壬癸先生，感謝他帶領我們走進台灣原住民語言的天地，讓我們懂得怎樣去領受這份豐厚的感動。這套叢書同時也作為一份獻禮，恭祝李先生六十歲的華誕。

何大安　吳靜蘭　林英津　張永利　張秀絹
張郇慧　黃美金　楊秀芳　葉美利　齊莉莎

一同敬獻
中華民國 88 年 11 月 12 日

《台灣南島語言》序

　　她的美麗，大家都知道；所以人人稱她「福爾摩莎」。美麗的事物，應當珍惜；所以作者們合寫了這一套叢書。

　　聲音之中，母親的言語最美麗。這套叢書，正是為維護台灣原住民的母語而寫的。解嚴以後，台灣語言生態的維護與重建，受到普遍的重視；母語教學的活動，也相繼熱烈的展開。教育部顧問室於是在民國 84 年，委託國立台灣師範大學英語系的黃美金教授規劃一部教材，以作為與維護台灣原住民母語有關的教學活動的基礎參考資料。黃教授組織了一支高水準的工作隊伍，經過多年的努力，終於完成了這項開創性的工作。

　　台灣原住民的語言雖然很多，但是都屬於一個地理分布非常廣大的語言家族，我們稱為「南島語族」。從比較語言學的觀點來說，台灣南島語甚至是整個南島語中最具存古特徵、也因此是最足珍貴的一些語言。然而儘管語言學家對台灣南島語的研究持續不斷，他們研究的多半是專門的問題，發表的成果也多半以外文為之，同時研究的深度也各個語言不一；因此都不適合直接用於母語教學。這套叢書的編寫，等於是一個全新的開始：作者們親自調查

語言、親自分析語言；也因此提出了一個全新的呈現：一致的體例、相同的深度。這在台灣原住民語言的研究和維護上，是一項創舉。

現在我把這套叢書的作者和他們各自撰寫的語言專書列在下面，向他們致上敬意與謝意：

黃美金教授	泰雅語、卑南語、邵語
林英津教授	巴則海語
張郇慧教授	雅美語
齊莉莎教授	鄒語、魯凱語、布農語
張永利教授	噶瑪蘭語、賽德克語
葉美利教授	賽夏語
張秀絹教授	排灣語
吳靜蘭教授	阿美語

也謝謝他們的好意，讓我與楊秀芳教授有攀附驥尾的榮幸，合寫這套叢書的「導論」。我同時也要感謝支持這項規劃案的教育部顧問室陳文村主任，以及協助出版的遠流出版公司。台灣原住民的語言，不止上面所列的那些；母語維護的工作，也不僅僅是出版一套叢書而已。不過，涓滴可以匯成大海。只要有心，只要不間斷的努力，她的美麗，終將亙古如新。

何大安　謹序
教育部諮議委員
中央研究院研究員
民國 88 年 11 月 12 日

語言、知識與原住民文化

　　研究語言的學者大都同意：南島語言是世界上分佈最廣的語族，而台灣原住民各族的族語則保留了南島語最古老的形式，它是台灣最寶貴的文化資產。

　　然而由於種種歷史因果的影響，十九世紀末，廣泛的平埔族各族語言，因長期漢化的緣故，逐漸喪失了活力；而花蓮、台東一帶，以及中央山脈兩側所謂的原住民九族地區，近百年來，則由於日本及國府國族中心主義之有效統治，在社會、經濟、文化、風俗習慣、生活方式乃至主體意識等各方面都發生了前所未有的結構性改變，原住民各族的語言生態，因而遭到嚴重的破壞。事隔一百年，台灣原住民各族似乎也面臨了重蹈平埔族覆轍之命運，喑啞而漸次失語。

　　語言的斷裂不只關涉到文化存續的問題，還侵蝕了原住民的主體世界。祖孫無法交談，家族的記憶和情感紐帶難以銜接；主體無能以族語說話，民族的認同失去了強而有力的憑藉。語言的失落，事實上也是一個民族的失落，他失去了他存有的安宅。除非清楚地認識這一點，我們無法真正地瞭解當代原住民精神世界苦難的本質。

　　四百年來，對台灣原住民語言的記錄和研究並不完全是空白的。荷蘭時代和歷代熱心傳教的基督教士，爲我們留下了斷斷續續的線索。他們創制了拼音文字，翻譯族語聖經，記錄了原住民的歌謠。日據時代，更有大量的人類學田野記錄，將原住民的神話傳說、文化風習保存了下來。然而後來關鍵的這五十年，由於特殊的政治和歷史環境，台灣的學術界從未將目光投注到這些片段的文獻上，不但沒有持續進行記錄的工作，甚至將前人的研究束諸高閣，連消化的興趣都沒有。李壬癸教授多年前形容自己在南島語言研究的旅途上，是孤單寂寞，是千山我獨行；這種心情，常讓我聯想到自己民族的黃昏處境，寂寥空漠、錐心不已。

　　所幸民國六十年代起，台灣本土化意識漸成主流，原住民議題浮上歷史抬面，有關原住民的學術研究也成爲一種新的風潮。我們是否可以因而樂觀地說：「原住民學已經確立了呢？」我認爲要回答這個提問，至少必須先解決三個問題：

　　第一，　前代文獻的校讎、研究與消化。過去零星的資料和日據時代田野工作的成果，基礎不一、良莠不齊，需要我們以新的方法、眼光和技術，進行校勘、批判和融會。

　　第二，　對種種意識型態的敏感度及其超越。民國六十年代以來，台灣原住民文化、歷史的研究頗爲蓬勃。原

住民知識體系的建構，隨著台灣的政治意識型態的發展，也形成了若干知識興趣。先是「政治正確」的知識，舉凡符合各自政治立場的原住民文化、歷史論述，即成為原住民知識。其次是「本土正確」的知識，以本土性作為知識建構的前提或合法性基礎的原住民知識。最後是「身份正確」的知識，越來越多的原住民作者以第一人稱的身份發言，並以此宣稱其知識的確實性。這三種知識所撐開的原住民知識系統，各有其票面價值，但對「原住民學」的建立是相當有害的。我們必須保持對這些知識陷阱的敏感度並加以超越。

第三， 原住民經典的彙集。過去原住民知識之所以無法累積，主要是因為原典沒有確立。典範不在，知識的建構便沒有源頭，既無法返本開新，也難以萬流歸宗。如何將原住民的祭典文學、神話傳說、禮儀制度以及部落歷史等等刪訂集結，實在關係著原住民知識傳統的建立。

不過，除了第二點有關意識型態的問題外，第一、三點都密切地關聯到語言的問題。文獻的校勘、注釋、翻譯和原住民經典的整理彙編，都歸結到各族語言的處理。這當中有拼音文字之確定問題，有各族語言音韻特徵或規律之掌握問題，更有詞彙結構、句法結構的解析問題；充分把握各族的語言，上述兩點的工作才可能有堅實的學術基礎。學術挺立，總總意識型態的糾纏便可以有客觀、公開的評斷。

　　基於這樣的理解，我認為《台灣南島語言》叢書的刊行，標誌著一個新的里程碑，它不但可以有效地協助保存原住民各族的語言，也可以促使整個南島語言的研究持續邁進，並讓原住民的文化或所謂原住民學提昇到嚴密的學術殿堂。以此為基礎，我相信我們還可以進一步編訂各族更詳盡的辭典，並發展出一套有用的族語教材，為原住民語言生態的復振，提供積極的條件。

　　沒有任何人有權力消滅或放棄一個語言，每一族母語都是祖先的恩賜。身為原住民的一份子，面對自己語言的殘破狀況，雖說棋局已殘，但依舊壯心不已。對所有本叢書的撰寫人，以及不計盈虧的出版家，恭敬行禮，感佩至深。

孫大川　謹序
行政院原住民委員會副主任委員
民國 89 年 2 月 3 日

目　錄

圖 表 目 錄

語音符號對照表

下表為本套叢書各書中所採用的語音符號，及其相對的國際音標、國語注音符號對照表：

	本叢書採用之符號	國際音標	相對國語注音符號	發 音 解 說	出處示例
元	i	i	ㄧ	高前元音	阿美語
	ʉ	ʉ	ㄜ	高央元音	鄒語
	u	u	ㄨ	高後元音	邵語
	e	e	ㄝ	中前元音	泰雅語
	oe	œ		中前元音	賽夏語
音	e	ə	ㄜ	中央元音	鄒語
	o	o	ㄛ	中後元音	泰雅語
	ae	æ		低前元音	賽夏語
	a	a	ㄚ	低央元音	阿美語
輔	p	p	ㄅ	雙唇不送氣清塞音	賽夏語
	t	t	ㄉ	舌尖不送氣清塞音	賽夏語
	c	ts	ㄗ	舌尖不送氣清塞擦音	泰雅語
	T	ṭ		捲舌不送氣清塞音	卑南語
	t́	c		硬顎清塞音	叢書導論
	tj				排灣語
音	k	k	ㄍ	舌根不送氣清塞音	賽夏語
	q	q		小舌不送氣清塞音	泰雅語
	'	ʔ		喉塞音	泰雅語
	b	b		雙唇濁塞音	賽德克語
		ɓ		雙唇濁前帶喉塞音	鄒語

	本叢書採用之符號	國際音標	相對國語注音符號	發 音 解 說	出處示例
輔	d	d		舌尖濁塞音	賽德克語
		ɗ		舌尖濁前帶喉塞音	鄒語
	D	ɖ		捲舌濁塞音	卑南語
	d́	ɟ		硬顎濁塞音	叢書導論
	dj				排灣語
	g	g		舌根濁塞音	賽德克語
	f	f	ㄈ	唇齒清擦音	鄒語
	th	θ		齒間清擦音	魯凱語
	s	s	ㄙ	舌尖清擦音	泰雅語
	S	ʃ		齦顎清擦音	邵語
	x	x	ㄏ	舌根清擦音	泰雅語
	h	χ		小舌清擦音	布農語
		h	ㄏ	喉清擦音	鄒語
	b	β		雙唇濁擦音	泰雅語
	v	v		唇齒濁擦音	排灣語
	z	ð		齒間濁擦音	魯凱語
		z		舌尖濁擦音	排灣語
	g	ɣ		舌根濁擦音	泰雅語
	R	ʁ		小舌濁擦音	噶瑪蘭語
	m	m	ㄇ	雙唇鼻音	泰雅語
音	n	n	ㄋ	舌尖鼻音	泰雅語
	ng	ŋ	ㄥ	舌根鼻音	泰雅語
	d				阿美語
	l	ɬ		舌尖清邊音	魯凱語
	L				邵語
	l	l	ㄌ	舌尖濁邊音	泰雅語
	L	ɭ		捲舌濁邊音	卑南語

	本叢書採用之符號	國際音標	相對國語注音符號	發 音 解 說	出處示例
輔 音	ʎ	ʎ		硬顎邊音	叢書導論
	lj				排灣語
	r	r		舌尖顫音	阿美語
		ɾ		舌尖閃音	噶瑪蘭語
	w	w	ㄨ	雙唇滑音	阿美語
	y	j	一	硬顎滑音	阿美語

南島語與台灣南島語

何大安　楊秀芳

一、南島語的分布

　　台灣原住民的語言，屬於一個分布廣大的語言家族：「南島語族」。這個語族西自非洲東南的馬達加斯加，東到南美洲西方外海的復活島；北起台灣，南抵紐西蘭；橫跨了印度洋和太平洋。在這個範圍之內大部分島嶼—新幾內亞中部山地的巴布亞新幾內亞除外—的原住民的語言，都來自同一個南島語族。地圖 1（附於本章參考書目後）顯示了南島語族的地理分布。

　　南島語族中有多少語言，現在還很不容易回答。這是因為一方面語言和方言難以分別，一方面也還有一些地區的語言缺乏記錄。不過保守地說有 500 種以上的語言、使用的人約兩億，大概是學者們所能同意的。

　　南島語是世界上分布最廣的語族，佔有了地球大半的洋面地區。那麼南島語的原始居民又是如何、以及經過了

多少階段的遷徙，才成為今天這樣的分布狀態呢？

根據考古學的推測，大約從公元前 4,000 年開始，南島民族以台灣為起點，經由航海，向南遷徙。他們先到菲律賓群島。大約在公元前 3,000 年前後，從菲律賓遷到婆羅洲。遷徙的隊伍在公元前 2,500 年左右分成東西兩路。西路在公元前 2,000 年和公元前 1,000 年之間先後擴及於沙勞越、爪哇、蘇門答臘、馬來半島等地，大約在公元前後橫越了印度洋到達馬達加斯加。東路在公元前 2,000 年之後的一千多年當中，陸續在西里伯、新幾內亞、關島、美拉尼西亞等地蕃衍生息，然後在公元前 200 年進入密克羅尼西亞、公元 300 年到 400 年之間擴散到夏威夷群島和整個南太平洋，最終在公元 800 年時到達最南端的紐西蘭。從最北的台灣到最南的紐西蘭，這一趟移民之旅，走了 4,800 年。

台灣是否就是南島民族的起源地，這也是個還有爭論的問題。考古學的證據指出，公元前 4,000 年台灣和大陸東南沿海屬於同一個考古文化圈，而且這個考古文化和今天台灣的原住民文化一脈相承沒有斷層，顯示台灣原住民居住台灣的時間之早、之久，也暗示了南島民族源自大陸東南沿海的可能。台灣為南島民族最早的擴散地，本章第三節會從語言學的觀點加以說明。但是由於大陸東南沿海並沒有南島語的遺跡可循，這個地區作為南島民族起源地的說法，目前卻苦無有力的語言學證據。

何以能說這麼廣大地區的語言屬於同一個語言家族呢？確認語言的親屬關係，最重要的方法，就是找出有音韻和語義對應關係的同源詞。我們可以拿台灣原住民的排灣語、菲律賓的塔加洛語、和南太平洋斐濟共和國的斐濟語為例，來說明同源詞的比較方法。表 0.1 是這幾個語言部份同源詞的清單。

表 0.1 排灣語、塔加洛語、斐濟語同源詞表

	原始南島語	排 灣 語	塔加洛語	斐 濟 語	語 義
1	*dalan	ɗalan	daán	sala	路
2	*ɗamaɸ	ka-ɗama-ɗama-n	damag	ra-rama	火炬；光
3	*ɗanau	ɗanaw	danaw	nrano	湖
4	*jataɸ	ka-daɬa-n	latag	nrata	平的
5	*ɗusa	ɗusa	da-lawá	rua	二
6	*-inaɸ	k-ina	ina	t-ina	母親
7	*kan	k-əm-an	kain	kan-a	吃
8	*kagac	k-əm-ac	k-ag-at	kat-ia	咬
9	*kaśuy	kasiw	kahoy	kaðu	樹；柴
10	*vəlaq	vəlaq	bila	mbola	撕開
11	*qudaɬ	qudaɬ	ulán	uða	雨
12	*təbus	təvus	tubo	ndovu	甘蔗
13	*talis	calis	taali?	tali	線；繩索
14	*tuduq	t-aɬ-uɗuq-an	túrɤ?	vaka-tusa	指；手指

15	*unəm	unəm	ʔa-nʔom	ono	六
16	*walu	alu	walo	walu	八
17	*maca	maca	mata	mata	眼睛
18	*daga[][1]	ɖaq	dugoʔ	nraa	血
19	*baquɦ	vaqu-an	báago	vou	新的

　　表 0.1 中的 19 個詞，三種語言固然語義接近，音韻形式也在相似中帶有規則性。例如「原始南島語」的一個輔音*t ，三種語言在所有帶這個音的詞彙中「反映」都一樣是「t：t：t」（如例 12 ‘甘蔗’、14 ‘指；手指’）；「原始南島語」的一個輔音*c，三種語言在所有帶這個音的詞彙中反映都一樣是「c：t：t」（如 8 ‘咬’、17 ‘眼睛’）。這就構成了同源詞的規則的對應。如果語言之間有規則的對應相當的多，或者至少多到足以使人相信不是巧合，那麼就可以判定這些語言來自同一個語言家族。

　　絕大多數的南島民族都沒有創製代表自己語言的文字。印尼加里曼丹東部的古戴、和西爪哇的多羅摩曾出土公元 400 年左右的石碑，不過上面所鐫刻的卻是梵文。在蘇門答臘的巨港、邦加島、占卑附近出土的四塊立於公元 683 年至 686 年的碑銘，則使用南印度的跋羅婆字母。這些是僅見的早期南島民族的碑文。碑文顯示的語詞和現代馬來語、印尼語接近，但也有大量的梵文借詞，可見兩種

---

[1] 在本叢書導論中凡有[ ]標記者，乃指該字音尾不明確。

文化接觸之早。現在南島民族普遍使用羅馬拼音文字,則是 16、17 世紀以後西方傳教士東來後所帶來的影響。沒有自己的文字,歷史便難以記錄。因此南島民族的早期歷史,只有靠考古學、人類學、語言學的方法,才能作部份的復原。表 0.1 中的「原始南島語」,就是出於語言學家的構擬。

二、南島語的語言學特徵

南島語有許多重要的語言學特徵,我們分音韻、構詞、句法三方面各舉一兩個顯著例子來說明。首先來看音韻。

觀察表 0.1 的那些同源詞,我們就可以發現:南島語是一個沒有聲調的多音節語言。當然,這句話不能說得太滿,例如新幾內亞的加本語就發展出了聲調。不過絕大多數的南島語大概都具有這項共同特點,而這是與我們所說的國語、閩南語、客語等漢語不一樣的。

許多南島語以輕重音區別一個詞當中不同的音節。這種輕重音的分布,或者是有規則的,例如排灣語的主要重音都出現在一個詞的倒數第二個音節,因而可以從拼寫法上省去;或者是不盡規則的,例如塔加洛語,拼寫上就必須加以註明。

詞當中的音節組成,如果以 C 代表輔音、V 代表元

音的話,大體都是 CV 或是 CVC。同一個音節中有成串輔音群的很少。台灣的鄒語是一個有成串輔音群的語言,不過該語言的輔音群卻可能是元音丟失後的結果。另外有一些南島語有「鼻音增生」的現象,並因此產生了帶鼻音的輔音群;這當然也是一種次生的輔音群。

大部分南島語言都只有 i、u、ə、a 四個元音和 ay、aw 等複元音。多於這四個元音的語言,所多出來的元音,多半也是演變的結果,或者是可預測的。除了一些台灣南島語之外,大部分南島語言的輔音,無論是數目上或是發音的部位或方法上,也都常見而簡單。有些台灣南島語有特殊的捲舌音、顎化音;而泰雅、排灣的小舌音 q,或是阿美語的咽壁音ʔ,更不容易在台灣以外的南島語中聽到。當輔音、元音相結合時,南島語和其他語言一樣,會有種種的變化。這些現象不勝枚舉,我們就不多加介紹。

其次來看構詞的特點。表 0.1 若干同源詞的拼寫方式告訴我們:南島語有像 ka-、ʔa-這樣的前綴、有-an、-a 這樣的後綴、以及有像-al-、-əm-這樣的中綴。前綴、後綴、中綴統稱「詞綴」。以詞綴來造新詞或是表現一個詞的曲折變化,稱作加綴法。加綴法,是許多語言普遍採行的構詞法。像國語加「兒」、「子」、閩南語加「a」表示小稱,或是客語加「兜」表示複數,也是一種後綴附加。不過南島語有下面所舉的多層次附加,卻不是國語、閩南語、客語所有的。

比方台灣的卡那卡那富語有 puacacaɨnɨkankiai 這個詞，意思是'（他）讓人走來走去'。這個詞的構成過程如下。首先，卡那卡那富語有一個語義為'路'的「詞根」ca，附加了衍生動詞的成份 u 之後的 u-ca 就成了動詞'走路'。u-ca 經過一次重疊成為 u-ca-ca，表示'一直走、不停的走、走來走去'；u-ca-ca 再加上表示'允許'的兩個詞綴 p-和-a-，就成了一個動詞'讓人走來走去'的基本形式 p-u-a-ca-ca。這個基本形式稱為動詞的「詞幹」。詞幹是動詞時態或情貌等曲折變化的基礎。p-u-a-ca-ca 加上後綴-ɨnɨ，表示動作的'非完成貌'，完成了動詞的曲折變化。非完成貌的曲折形式 p-u-a-ca-ca-ɨnɨ再加上表示帶有副詞性質的'直述'語氣的-kan 和表示人稱成份的'第三人稱動作者'的-kiai 之後，就成了 p-u-a-ca-ca-ɨnɨ-kan-kiai'（他）讓人走來走去'這個完整的詞。請注意，卡那卡那富語'路'的「詞根」ca 和表 0.1 的'路'同根，讀者可以自行比較。

在上面那個例子的衍生過程中，我們還看到了另一種構詞的方式，就是重疊法。南島語常常用重疊來表示體積的微小、數量的眾多、動作的反復或持續進行，甚至還可以重疊人名以表示死者。相較之下，漢語中常見的複合法在南島語中所佔的比重不大。值得一提的是太平洋地區的「大洋語」中，有一種及物動詞與直接賓語結合的「動賓」複合過程，頗為普遍。例如斐濟語中 an-i a dalo 是'吃芋

頭'的意思，是一個動賓詞組，可以分析為[[an-i][a dalo]]；an-a dalo 也是'吃芋頭'，但卻是一個動賓複合詞，必須分析為[an-a-dalo]。動賓詞組和動賓複合詞的結構不同。動賓詞組中動詞 an-i 的及物後綴-i 和賓語前的格位標記 a 都保持的很完整，體現一般動詞組的標準形式；而動賓複合詞卻直接以賓語替代了及物後綴，明顯的簡化了。

南島語句法上最重要的特徵是「焦點系統」的運作。焦點系統是南島語獨有的句法特徵，保存這項特徵最完整的，則屬台灣南島語。下面舉四個排灣語的句子來作說明。

1. q-əm-aĺup   a mamazaŋiljan ta vavuy i gadu

  [打獵-em-打獵 a 頭目   ta 山豬 i 山上]

  '「頭目」在山上獵山豬'

2. qaĺup-ən na   mamazaŋiljan a vavuy i gadu

  [打獵-en na   頭目   a 山豬 i 山上]

  '頭目在山上獵的是「山豬」'

3. qa-qaĺup-an   na   mamazaŋiljan ta vavuy a gadu

  [重疊-打獵-an na   頭目   ta 山豬 a 山上]

  '頭目獵山豬的（地方）是「山上」'

4. si-qaĺup na   mamazaŋiljan ta   vavuy a vaĺuq

  [si-打獵 na   頭目   ta   山豬 a 長矛]

  '頭目獵山豬的（工具）是「長矛」'

這四個句子的意思都差不多，不過訊息的「焦點」不同。各句的焦點，依次分別是：「主事者」的頭目、「受事

者」的山豬、「處所」的山上、和「工具」的長矛；四個
句子因此也就依次稱爲「主事焦點」句、「受事焦點」句、
「處所焦點」句、和「工具焦點（或稱指示焦點）」句。
讀者一定已經發現，當句子的焦點不同時，動詞「打獵」
的構詞形態也不同。歸納起來，動詞（表 0.2 用 V 表示
動詞的詞幹）的焦點變化就有表 0.2 那樣的規則：

表 0.2 排灣語動詞焦點變化

主 事 焦 點		V-əm-	
受 事 焦 點			V-ən
處 所 焦 點			V-an
工 具 焦 點	si-V		

　　除了表 0.2 的動詞曲折變化之外，句子當中作爲焦
點的名詞之前，都帶有一個引領主語的格位標記 a，顯示
這個焦點名詞就是這一句的主語。主事焦點句的主語就是
主事者本身，其他三種焦點句的主語都不是主事者；這個
時候主事者之前一律由表示領屬的格位標記 na 引領。由
於有這樣的分別，因此四種焦點句也可以進一步分成「主
事焦點」和「非主事焦點」兩類。照這樣看起來，「焦點
系統」的運作不但需要動詞作曲折變化，而且還牽涉到焦
點名詞與動詞變化之間的呼應，過程相當複雜。

　　以上所舉排灣語的例子，可以視爲「焦點系統」的代
表範例。許多南島語，尤其是台灣和菲律賓以外的南島語，
「焦點系統」都發生了或多或少的變化。有的甚至在類型

上都從四分的「焦點系統」轉變爲二分的「主動／被動系統」。這一點本章第三節還會說明。像台灣的魯凱語，就是一個沒有「焦點系統」的語言。

句法特徵上還可以注意的是「詞序」。漢語中「狗咬貓」、「貓咬狗」意思的不同，是由漢語的「詞序」固定爲「主語-動詞-賓語」所決定的。比較起來，南島語的詞序大多都是「動詞-主語-賓語」或「動詞-賓語-主語」，排灣語的四個句子可以作爲例證。由於動詞和主語之間有形態的呼應，不會弄錯，所以主語的位置或前或後，沒有什麼不同。但是動詞居前，則是大部分南島語的通例。

三、台灣南島語的地位

台灣南島語是無比珍貴的，許多早期的南島語的特徵，只有在台灣南島語當中才看得到。這裡就音韻、句法各舉一個例子。

首先請比較表 0.1 當中三種南島語的同源詞。我們會發現有兩點值得注意。第一，斐濟語每一個詞都以元音收尾。排灣語、塔加洛語所有的輔音尾，斐濟語都丟掉了。其實塔加洛語也因爲個別輔音的弱化，如*q>ʔ、ø 或是*s>ʔ、ø，也簡省或丟失了一些輔音尾。但是排灣語的輔音尾卻保持的很完整。第二，塔加洛語、斐濟語的輔音比排

灣語為少。許多原始南島語中不同的輔音，排灣語仍保留區別，但是塔加洛語、斐濟語卻混而不分了。我們挑選「*c：*t」、「*l̂：*n」兩組對比製成表 0.3 來觀察，就可以看到塔加洛語和斐濟語把原始南島語的*c、*t 混合為 t，把*l̂、*n 混合為 n。

表 0.3 原始南島語*c、*t 的反映

原始南島語	排灣語	塔加洛語	斐濟語	表 0.1 中的同源詞例
*c	c	t	t	8 '咬'、17 '眼睛'
*t	t́	t	t	12 '甘蔗'、 14 '指'
*l̂	l̂	n	(n，字尾丟失)	11 '雨'
*n	n	n	n	3 '湖'、7 '吃'

　　我們認為，這兩點正可以說明台灣南島語要比台灣以外的南島語來得古老。因為原來沒有輔音尾的音節怎麼可能生出各種不同的輔音尾？原來沒有分別的 t 和 n 怎麼可能分裂出 c 和 l̂？條件是什麼？假如我們找不出合理的條件解釋生出和分裂的由簡入繁的道理，那麼就必須承認：輔音尾、以及「*c：*t」、「*l̂：*n」的區別，是原始南島語固有的，台灣以外的南島語將之合併、簡化了。

　　其次再從焦點系統的演化來看台灣南島語在句法上的存古特性。太平洋的斐濟語有一個句法上的特點，就是及物動詞要加後綴，並且還分「近指」、「遠指」。近指後綴是-i，如果主事者是第三人稱單數則是-a。遠指後綴是-aki，早期形式是*aken。何以及物動詞要加後綴，是一個有趣

的問題。

馬來語在形式上分別一個動詞的「主動」和「被動」。主動加前綴 meN-，被動加前綴 di-。meN-中大寫的 N，代表與詞幹第一個輔音位置相同的鼻音。同時不分主動、被動，如果所接的賓語具有「處所」的格位，動詞詞幹要加-i 後綴；如果所接的賓語具有「工具」的格位，動詞詞幹要加-kan 後綴。何以會有這些形式上的分別，也頗令人玩味。

菲律賓的薩馬力諾語沒有動詞詞幹上明顯的主動和被動的分別，但是如果賓語帶有「受事」、「處所」、「工具」的格位，在被動式中動詞就要分別接上-a、-i、和-?i 的後綴，在主動式中則不必。為什麼被動式要加後綴而主動式不必、又為什麼後綴的分別恰好是這三種格位，也都值得一再追問。

斐濟、馬來、薩馬力諾都沒有焦點系統的「動詞曲折」與「格位呼應」。但是如果把它們上述的表現方式和排灣語的焦點系統擺在一起—也就是表 0.4—來看，這些表現法的來龍去脈也就一目瞭然。

表 0.4 焦點系統的演化

焦點類型	動詞詞綴	格 位 標 記				薩馬力諾語		馬來語		斐濟語
						主動	被動	主動	被動	主動
		主格	受格	處所格	工具格					
主事焦點	-əm-	a	ta	i	ta	-ø		meN-		-ø
受事焦點	-ən	na	a	i	ta		直接被動 -a		di-	
處所焦點	-an	na	ta	a	ta		處所被動 -i	及物 -i	及物 -i	及物近指 -i/-a
工具焦點	si-	na	ta	i	a		工具被動 -ʔi	及物 -kan	及物 -kan	及物遠指 -aki (<*aken)

孤立地看，薩馬力諾語爲什麼要區別三種「被動」，很難理解。但是上文曾經指出：排灣語的四種焦點句原可分成「主事焦點」和「非主事焦點」兩類，「非主事焦點」包含「受事」、「處所」、「工具」三種焦點句。兩相比較，我們立刻發現：薩馬力諾語的三種「被動」，正好對應排灣語的三種「非主事焦點」；三種「被動」的後綴與排灣語格位標記的淵源關係也呼之欲出。馬來語一個動詞有不同的主動前綴和被動前綴，因此是比薩馬力諾語更能明顯表

現主動／被動的語法範疇的語言。很顯然，馬來語的及物後綴與薩馬力諾語被動句的後綴有相近的來源。斐濟語在「焦點」或「主動／被動」的形式上，無疑是大為簡化了；格位標記的功能也發生了轉變。但是疆界雖泯，遺跡猶存。斐濟語一定是在薩馬力諾語、馬來語的基礎上繼續演化的結果；她的及物動詞所以要加後綴、以及所加恰好不是其他的形式，實在其來有自。

表 0.4 反映的演化方向，一定是：「焦點」＞「主動／被動」＞「及物／不及物」。因為許多語法特徵只能因併繁而趨簡，卻無法反其道無中生有。這個道理，在上文談音韻現象時已經說明過了。因此「焦點系統」是南島語的早期特徵。台灣南島語之具有「焦點系統」，是一種語言學上的「存古」，顯示台灣南島語之古老。

由於台灣南島語保存了早期南島語的特徵，她在整個南島語中地位的重要，也就不言可喻。事實上幾乎所有的南島語學者都同意：台灣南島語在南島語的族譜排行上，位置最高，最接近始祖─也就是「原始南島語」。有爭議的只是：台灣的南島語言究竟整個是一個分支，還是應該分成幾個平行的分支。主張台灣的南島語言整個是一個分支的，可以稱為「台灣語假說」。這個假說認為，所有在台灣的南島語言都是來自一個相同的祖先：「原始台灣語」。原始台灣語與菲律賓、馬來、印尼等語言又來自同一個「原始西部語」。原始西部語，則是原始南島語的兩

大分支之一；在這以東的太平洋地區的語言，則是另一分支。這個假說，並沒有正確的表現出台灣南島語的存古特質，同時也過分簡單地認定台灣南島語只有一個來源。

替語言族譜排序，語言學家稱爲「分群」。分群最重要的標準，是有沒有語言上的「創新」。一群有共同創新的語言，來自一個共同的祖先，形成一個家族中的分支；反之則否。我們在上文屢次提到台灣南島語的特質，乃是「存古」，而非創新。在另一方面，「台灣語假說」所提出的證據，如「*ś或*h 音換位」或一些同源詞，不是反被證明爲台灣以外語言的創新，就是存有爭議。因此「台灣語假說」是否能夠成立，深受學者質疑。

現在我們逐漸了解到，台灣地區的原住民社會，並不是一次移民就形成的。台灣的南島語言也有不同的時間層次。但是由於共處一地的時間已經很長，彼此的接觸也不可避免的形成了一些共通的相似處。當然，這種因接觸而產生的共通點，性質上是和語言發生學上的共同創新完全不同的。

比較謹慎的看法認爲：台灣地區的南島語，本來就屬不同的分支，各自都來自原始南島語；反而是台灣以外的南島語都有上文所舉的音韻或句法上各種「簡化」的創新，應該合成一支。台灣地區的南島語，最少應該分成「泰雅群」、「鄒群」、「排灣群」三支，而台灣以外的一大支則稱爲「馬玻語支」。依據這種主張所畫出來的南島語的族譜，

就是圖 1。

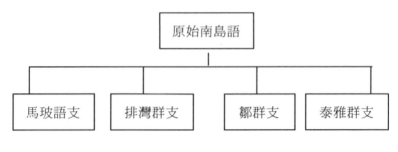

圖 1　南島語分群圖

　　與語族分支密切相關的一項課題，就是原始語言的復原。在台灣南島語的存古特質沒有被充分理解之前，原始南島語的復原，只能利用簡化後的語言的資料，其結果之缺乏解釋力可想而知。由於台灣南島語在保存早期特徵上的關鍵地位，利用台灣南島語建構出來的原始南島語的面貌，可信度就高的多。

　　我們認為：原始南島語是一個具有類似上文所介紹的「焦點系統」的語言，她有 i、u、ə、a 四個元音，和表 0.5 中的那些輔音。她的成詞形態，以及可復原的同源詞有表 0.6 中的那些。

表 0.5 原始南島語的輔音

		雙唇	舌尖	捲舌	舌面	舌根	小舌/喉
塞音	清	p	t	ṭ	t́	k	q
	濁	b	d	ḍ	d́		
塞擦音	清		c				
	濁		j				
擦音	清		s		ś	x	h
	濁		z		ź		ɦ
鼻音					ń	ŋ	
邊音			l		ĺ		
顫音			r				
滑音		w			y		

表 0.6 原始南島語同源詞

	語 義	原始南島語	原始泰雅群語	原始排灣語	原始鄒群語
1	above 上面	*babaw	*babaw	*vavaw	*-vavawu
2	alive 活的	*qujip		*pa-quzip	*-$ʔ_2$učipi
3*	ashes 灰	*qabu	*qabu-liq	*qavu	* ($ʔ_2$avu$ʔ_4$u)
4**	back 背;背後	*likuj		*likuz	* (liku[cřč])
5	bamboo 竹子	*qaug		*qau	*$ʔ_1$áúru
6*	bark; skin 皮	*kulic		*kulic	*kulíci
7*	bite 咬	*kagac	*k-um-agac	*k-əm-ac	*k_1-um-áracə

8*	blood 血	*daga[]	*daga?	*daq	*cará?₁ə
9*	bone 骨頭	*cuqəlal		*cuqəlal	*cu?úlałə
10	bow 弓	*buług	*buhug		*vusúru
11*	breast 乳房	*zuzuh	*nunuh	*tutu	*θuθu
12**	child 小孩	*alak		*alak	*-ałákə
13	dark; dim 暗	*jəmjəm		*zəmzəm	*čəməčəmə
14	die; kill 死；殺	*macay		*macay *pa-pacay	*macáyi *pacáyi
15**	dig 挖	*kalifi	*kari?	*k-əm-ali	*˞kalifii
16	dove; pigeon 鴿子	*punay		*punay	*punáyi
17*	ear 耳朵	*caliŋafi	*caŋira?	*caljŋa	*calíŋafia
18*	eat 吃	*kan	*kan	*k-əm-an	*k₁-um-ánə
19	eel 河鰻	*tula	*tula-qig	*tula	
20	eight 八	*walu		*alu (不規則，應 爲 valu)	*wálu
21	elbow 手肘	*śikufi	*hiku?	*siku	
22	excrement 糞	*ʈaqi	*quti?	*caqi	*tá?₃i
23*	eye 眼睛	*maca		*maca	*macá
24	face; forehead 臉；額 頭	*daqis	*daqis	*daqis	
25	fly 蒼蠅	*laŋaw	*raŋaw	*la-laŋaw	
26	farm; field 田	*qumafi		*quma	*?₂úmáfia

27**	father 父親	*amafi		*k-ama	*ámafia
28*	fire 火	*śapuy	*hapuy	*sapuy	*apúžu
29**	five 五	*lima	*rimaʔ	*lima	*líma
30**	flow; adrift 漂流	*qańud	*qaluic	*sə-qaluɗ	*-ʔ₂añúču
31**	four 四	*səpat	*səpat	*səpał	*Sə́pátə
32	gall 膽	*qapəɗu		*qapədu	*paʔ₁azu
33*	give 給	*bəgay	*bəgay	*pa-vai	
34	heat 的	*jaŋjaŋ		*zaŋzaŋ	*čaŋəčaŋə
35*	horn 角	*təquŋ		*təquŋ	*suʔ₁úŋu
36	house 子	*gumaq		*umaq	*rumáʔ₁ə
37	how many 多少	*pidafi	*piɡaʔ	*pida	*píafia
38*	I 我	*(a)ku	*-akuʔ	*ku-	*˗aku
39	lay mats 鋪蓆子	*sapag	*s-m-apag		*S-um-áparə
40	leak 漏	*tujiq	*tuduq	*ł-əm-uzuq	*tučúʔ₂₃₄
41**	left 左	*wiri[]	*ʔiril	*ka-viri	*wírífii
42*	liver 肝	*qacay		*qacay	*ʔ₁₄acayi
43*	(head)louse 頭蝨	*kucufi	*kucuʔ	*kucu	*kúcúfiu
44	moan; chirp 低吟	*jagiŋ		*z-əm-aiŋ	*-čaríŋi
45*	moon 月亮	*bulał	*bural		*vuláłə
46	mortar 臼	*łułuŋ	*luhuŋ		*łusuŋu
47**	mother 母親	*-inafi		*k-ina	*inafia
48*	name 名字	*ŋaɗan		*ŋadan	*ŋázánə
49	needle 針	*dagum	*dagum	*ɗaum	

50*	new 新的	*baquɧ		*vaqu-an	*vaʔ₂órufiu
51	nine 九	*siwa		*siva	*θiwa
52*	one 一	*-ta		*ita	*cáni
53	pandanus 露兜樹	*paŋudań	*paŋdan	*paŋuɖaɬ	
54	peck 啄；喙	*tuktuk	*[ʔg]-um-atuk	*t-əm-uktuk	*-tukútúku
55*	person 人	*caw		*cawcaw	*cáw
56	pestle 杵	*qasəluɧ	*qasəruʔ	*qasəlu	
57	point to 指	*tuduq	*tuduq	*t-aɬ-uɖuq-an	
58*	rain 雨	*qudaɬ		*quɖaɬ	*ʔ₂účaɬə
59	rat 田鼠	*labaw		*ku-lavaw	*laváwu
60	rattan 藤	*quay	*quway	*quway	*ʔ₃úáyi
61	raw 生的	*mataq	*mataq	*maɬaq	*mátaʔ₁ə
62	rice 稻	*paɖay	*paǵay	*paday	*pázáyi
63	(husked) rice 米	*bugaɬ	*buwax	*vat	* (vərasə)
64*	road 路	*dalan	*daran	*ɖalan	*čalánə
65	roast 烤	*culuɧ		*c-əm-ulu	*-cúɬufiu
66**	rope 繩子	*ʈalis		*calis	*talíSi
67	seaward 面海的	*lafiuj		*i-lauz	*-láfiúcu
68*	see 看	*kita	*kitaʔ		*-kíta
69	seek 尋找	*kigim		*k-əm-im	*k-um-írimi
70	seven 七	*pitu	*ma-pituʔ	*pitu	*pítu
71**	sew 縫	*ʈaqiś	*c-um-aqis	*c-əm-aqis	*t-um-áʔ₃iθi

72	shoot; arrow 射；箭	*panaq		*panaq	*-páná$?_2$ə
73	six 六	*unəm		*unəm	*ənə́mə
74	sprout; grow 發芽；生長	*cəbuq		*c-əm-uvuq	*c-um-ə́vərə (不規則,應為 c-um-ə́və?ə)
75	stomach 胃	*bicuka		*vicuka	*civúka
76*	stone 石頭	*batufi	*batu-nux (-?<-fi因接-nux 而省去)		*vátufiu
77	sugarcane 甘蔗	*təvus		*təvus	*tə́vəSə
78*	swim 游	*laŋuy	*l-um-aŋuy	*l-əm-aŋuy	*-laŋúžu
79	taboo 禁忌	*palisi		*palisi	*palíθl-ã (不規則，應為 palíSi-ã)
80**	thin 薄的	*liśipis	*hlipis		*łípisi
81*	this 這個	*(i)nifi	*ni		*inifii
82*	thou 你	*su	*?isu?	*su-	*Su
83	thread 線；穿線	*ciśug	*l-um-uhug	*c-əm-usu	*-cúuru
84**	three 三	*təlu	*təru?	*təlu	*túlu
85*	tree 樹	*kaśuy	*kahuy	*kasiw	*káiwu
86*	two 二	*ḍusa	*dusa?	*ḍusa	*řúSa
87	vein 筋；血管	*fiagac	*?ugac	*ruac	*fiurácə
88*	vomit 嘔吐	*mutaq	*mutaq	*mutaq	

89	wait 等	*taga[gɦi]	*t-um-agaʔ		*t-um-átara
90**	wash 洗	*sinaw		*s-ǝm-ǝnaw	*-Sináwu
91*	water 水	*jaɬum		*zaɬum	*čaɬúmu
92*	we (inclusive)咱們	*ita	*ʔitaʔ		* (-ita)
93	weave 編織	*tinun	*t-um-inun	*t-ǝm-ǝnun	
94	weep 哭泣	*ṭaŋit	*laŋis, ŋilis	*c-ǝm-aŋit	*t-um-áŋisi
95	yawn 打呵欠	*-suab	*ma-suwab	*mǝ-suaw	

　　對於這裡所列的同源詞，我們願意再作兩點補充說明。第一，從內容上看，這些同源詞大體涵蓋了一個初民社會的各個方面，符合自然和常用的原則。各詞編號之後帶 '*' 號的，屬於語言學家界定的一百基本詞彙；帶 '**' 號的，屬兩百基本詞彙。帶 '*' 號的，有 32 個，帶 '**' 號的，有 15 個，總共是 47 個，佔了 95 同源詞的一半；可以說明這一點。進一步觀察這 95 個詞，我們可以看到「竹子、甘蔗、藤、露兜樹」等植物，「田鼠、河鰻、蒼蠅」等動物，有「稻、米、田、杵臼」等與稻作有關的文化，有「針、線、編織、鋪蓆子」等與紡織有關的器具與活動，有「弓、箭」可以禦敵行獵，有「一」到「九」的完整的數詞用以計數，並且有「面海」這樣的方位詞。但是另一方面，這裡沒有巨獸、喬木、舟船、颱風、地震、火山和魚類的名字。這些同源詞所反映出來的生態環境和文化特徵，在解答南島族起源地的問題上，無疑會提供相當大的助益。

　　第二，從數量上觀察，泰雅、排灣、鄒三群共有詞一共 34 個，超過三分之一，肯定了三群的緊密關係。在剩下的61個兩群共有詞之中，排灣群與鄒群共有詞為39個；而排灣群與泰雅群共有詞為 12 個，鄒群與泰雅群共有詞為 10 個。這說明了三者之中，排灣群與鄒群比較接近，而泰雅群的獨立發展歷史比較長。

四、台灣南島語的分群

　　在以往的文獻之中，我們常將台灣原住民中的泰雅、布農、鄒、沙阿魯阿、卡那卡那富、魯凱、排灣、卑南、阿美和蘭嶼的達悟（雅美）等族稱為「高山族」，噶瑪蘭、凱達格蘭、道卡斯、賽夏、邵、巴則海、貓霧栜、巴玻拉、洪雅、西拉雅等族稱為「平埔族」。雖然用了地理上的名詞，這種分類的依據，其實是「漢化」的深淺。漢化深的是平埔族，淺的是高山族。「高山」、「平埔」之分並沒有語言學上的意義。唯一可說的是，平埔族由於漢化深，她們的語言也消失的快。大部分的平埔族語言，現在已經沒有人會說了。台灣南島語言的分布，請參看地圖 2（附於本章參考書目後）。

　　不過本章所提的「台灣南島語」，也只是一個籠統的說法，而且地理學的含意大過語言學。那是因為到目前為

止,我們還找不出一種語言學的特徵是所有台灣地區的南島語共有的,尤其是創新的特徵。即使就存古而論,第三節所舉的音韻和句法的特徵,就不乏若干例外。常見的情形是:某些語言共有一些存古或創新,另一些則共有其他的存古或創新,而且彼此常常交錯;依據不同的創新,可以串成結果互異的語言群。這種現象顯示:(一)台灣南島語不屬於一個單一的語群;(二)台灣的南島語彼此接觸、影響的程度很深;(三)根據「分歧地即起源地」的理論,台灣可能就是南島語的「原鄉」所在。

要是拿台灣南島語和「馬玻語支」來比較,我們倒可以立刻辨認出兩條極重要的音韻創新。這兩條音韻創新,就是第三節提到的原始南島語「*c：*t」、「*î：*n」在馬玻語支中的分別合併為「t」和「n」。從馬玻語言的普遍反映推論,這種合併可以用「*c＞*t」和「*î＞*n」的規律形式來表示。

拿這兩條演變規律來衡量台灣南島語,我們發現確實也有一些語言,如布農、噶瑪蘭、阿美、西拉雅,發生過同樣的變化;而且這種變化還有很明顯的蘊涵關係:即凡合併*n與*î的語言,也必定合併*t與* c。這種蘊涵關係,幫助我們確定兩種規律在同一群語言(布農、噶瑪蘭)中產生影響的先後。我們因此可以區別兩種演變階段:

表 0.7　兩種音韻創新的演變階段

階段	規律	影　響　語　言
I	*c＞*t	布農、噶瑪蘭、阿美、西拉雅
II	*î＞*n	布農、噶瑪蘭

其中*c＞*t 之先於*î＞*n，理由至爲明顯。因爲不這樣解釋的話，阿美、西拉雅也將出現*î＞*n 的痕跡，而這是與事實不符的。

　　由於原始南島語「*c：*t」、「*î：*n」的分別的獨特性，它們的合併所引起的結構改變，可以作爲分群創新的第一條標準。我們因此可將布農、噶瑪蘭、阿美、西拉雅爲一群，她們都有過*c＞*t 的變化。在布農、噶瑪蘭、阿美、西拉雅這群之中，布農、噶瑪蘭又發生了*î＞*n 的創新，而又自成一個新群。台灣以外的南島語都經歷過這兩階段的變化，也應當源自這個新群。

　　原始南島語中三類舌尖濁塞音、濁塞擦音*d、*ɖ、*j（包括*z）的區別，在大部分的馬玻語支語言中，也都起了變化，因此也一定是值得回過頭來觀察台灣南島語的參考標準。台灣南島語對這些音的或分或合，差異很大。歸納起來，有五種類型：

表 0.8 原始南島語中舌尖濁塞音、濁塞擦音之五種演變類型

類型	規律	影響語言
I	*d≠*ḍ≠*j	排灣、魯凱(霧台方言、茂林方言)、道卡斯、貓霧棟、巴玻拉
II	*d =*ḍ =*j	鄒、卡那卡那富、魯凱(萬山方言)、噶瑪蘭、邵
III	*ḍ =*j	沙阿魯阿、布農(郡社方言)、阿美(磯崎方言)
IV	*d =*j	卑南
V	*d =*ḍ	泰雅、賽夏、巴則海、布農(卓社方言)、阿美(台東方言)

　　這一組變化持續的時間可能很長，理由是一些相同
語言的不同方言有不同類型的演變。假如這些演變發生在
這些語言的早期，其所造成的結構上的差異，必然已經產
生許多連帶的影響，使方言早已分化成不同的語言。像布
農的兩種方言、阿美的兩種方言，至今並不覺得彼此不可
互通，可見影響僅及於結構之淺層。道卡斯、貓霧棟、巴
玻拉、洪雅、西拉雅等語的情形亦然。這些平埔族的語料
記錄於 1930、1940 年代。雖然各有變異，受訪者均以同
一語名相舉認，等於承認彼此可以互通。就上述這些語言
而論，這一組變化發生的年代必定相當晚。同時由於各方
言所採規律類型不同，似乎也顯示這些變化並非衍自內部
單一的來源，而是不同外來因素個別影響的結果。

　　類型 II 蘊涵了類型 III、IV、V，就規律史的角度而
言，年代最晚。歷史語言學的經驗也告訴我們，最大程度

的類的合併，往往反映了最大程度的語言的接觸與融合。因此類型 III、IV、V 應當是這一組演變的最初三種原型，而類型 II 則是在三種原型流佈之後的新融合。三種原型孰先孰後，已不易考究。不過運用規律史的方法，三種舌尖濁塞音、塞擦音的演變，可分成三個階段：

表 0.9 舌尖濁塞音、濁塞擦音演變之三個階段

階段	規律	影響語言
I	*d≠*ɖ≠*j	排灣、魯凱(霧台方言、茂林方言)、道卡斯、貓霧栜、巴玻拉
II	3. *ɖ= *j	沙阿魯阿、布農(郡社方言)、阿美(磯崎方言)
	4. *d = *j	卑南
	5. *d = *ɖ	泰雅、賽夏、巴則海、布農(卓社方言)、阿美(台東方言)
III	2. *d = *ɖ= *j	鄒、卡那卡那富、魯凱(萬山方言)、噶瑪蘭、邵

不同的語言，甚至相同語言的不同方言，經歷的階段並不一樣。有的仍保留三分，處在第一階段；有的已推進到第三階段。第一階段只是存古，第三階段為接觸的結果，都不足以論斷語言的親疏。能作為分群的創新依據的，只有第二階段的三種規律。不過這三種規律的分群效力，卻並不適用於布農和阿美。因為布農和阿美進入這一階段很晚，晚於各自成為獨立語言之後。

運用相同的方法對台灣南島語的其他音韻演變作過

類似的分析之後，可以得出圖 2 這樣的分群結果：

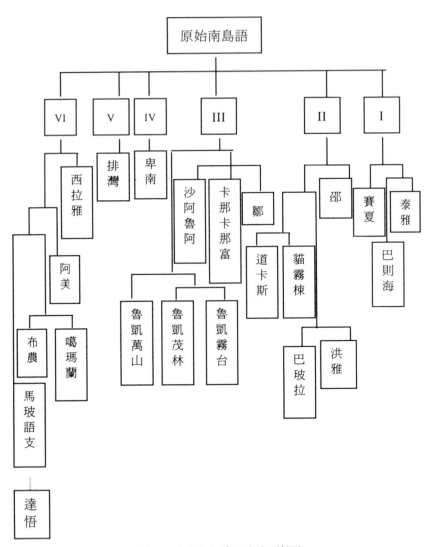

圖 2 台灣南島語分群圖

　　圖 2 比圖 1 的分群更爲具體，顯示學者們對台灣南島語的認識日漸深入。不過仍有許多問題尚未解決。首先是六群之間是否還有合併的可能，其次是定爲一群的次群之間的層序關係是否需要再作調整。因爲有這些問題還沒有解決，圖 2 仍然只是一個暫時性的主張，也因此我們不對六群命名，以爲將來的修正，預作保留。

五、小結

　　台灣原住民所說的，是來自一個分布廣大的語言家族中最爲古老的語言。這些語言，無論在語言的演化史上、或在語言的類型學上，都是無比的珍貴。但是這些語言的處境，卻和台灣許多珍貴的物種一樣，正在快速的消失之中。我們應該爲不知珍惜這些可寶貴的資產，而感到羞慚。如果了解到維持物種多樣性的重要，我們就同樣不能坐視語言生態的日漸凋敝。這一套叢書的作者們，在各自負責的專書裡，對台灣南島語的語言現象，作了充分而詳盡的描述。如果他們的努力和熱忱，能夠引起大家的重視和投入，那麼作爲台灣語言生態重建的一小步，終將積跬致遠，芳華載途。請讓我們一同期待。

叢書導論之參考書目

何大安

　1999　《南島語概論》。待刊稿。

李壬癸

　1997a　《台灣南島民族的族群與遷徙》。台北：常民
　　　　文化公司。

　1997b　《台灣平埔族的歷史與互動》。台北：常民文
　　　　化公司。

Blust, Robert (白樂思)

　1977　The Proto-Austronesian pronouns and
　　　　Austronesian subgrouping: a preliminary report.
　　　　Working Papers in Linguistics 9.2: 1-15.
　　　　Honolulu: University of Hawaii.

Li, Paul Jen-kuei (李壬癸)

　1981　Reconstruction of Proto-Atayalic phonology.
　　　　Bulletin of the Institute of History and Philology
　　　　52.2: 235-301.

　1995　Formosan vs. non-Formosan features in some
　　　　Austronesian languages in Taiwan. In Paul Jen-
　　　　kuei Li, Cheng-hwa Tsang, Ying-kuei Huang,
　　　　Dah-an Ho, and Chiu-yu Tseng (eds.)
　　　　Austronesian Studies Relating to Taiwan, pp.

651-682. Symposium Series of the Institute of History and Philology Academia Sinica No. 3. Taipei: Academia Sinica.

Mei, Kuang (梅廣)

1982　Pronouns and verb inflection in Kanakanavu. *Tsing Hua Journal of Chinese Studies, New Series*, 14: 207-252.

Tsuchida, Shigeru (土田滋)

1976　Reconstruction of Proto-Tsouic Phonology. *Study of Languages & Cultures of Asia & Africa Monograph Series* No. 5. Tokyo: Gaikokugo Daigaku.

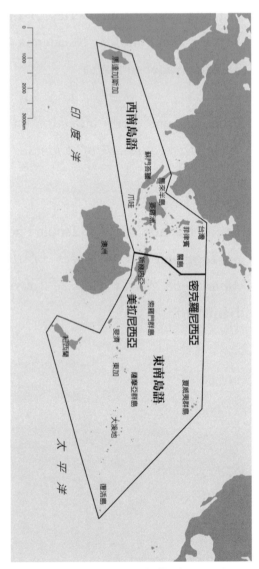

地圖 1　南島語族的地理分布

來源：*The New Encyclopaedia Britannica*（1992）第22冊755頁（重繪）

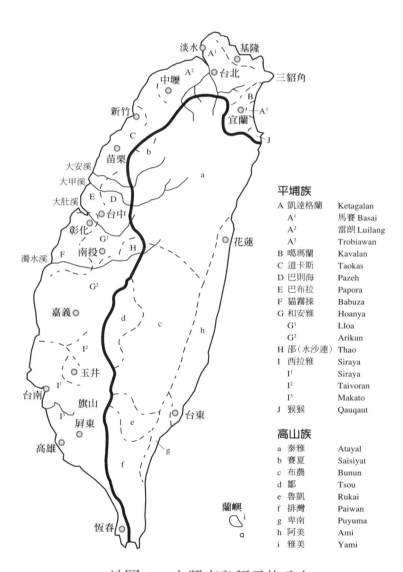

平埔族

A 凱達格蘭　Ketagalan
　A¹　　　　馬賽 Basai
　A²　　　　雷朗 Luilang
　A³　　　　Trobiawan
B 噶瑪蘭　　Kavalan
C 道卡斯　　Taokas
D 巴則海　　Pazeh
E 巴布拉　　Papora
F 貓霧捒　　Babuza
G 和安雅　　Hoanya
　G¹　　　　Lloa
　G²　　　　Arikun
H 邵（水沙連）Thao
I 西拉雅　　Siraya
　I¹　　　　Siraya
　I²　　　　Taivoran
　I³　　　　Makato
J 猴猴　　　Qauqaut

高山族

a 泰雅　　　Atayal
b 賽夏　　　Saisiyat
c 布農　　　Bunun
d 鄒　　　　Tsou
e 魯凱　　　Rukai
f 排灣　　　Paiwan
g 卑南　　　Puyuma
h 阿美　　　Ami
i 雅美　　　Yami

地圖 2　台灣南島語言的分布

來源：李壬癸（1996）

附件

南島語言中英文對照表

【中文】	【英文】
大洋語	Oceanic languages
巴則海語	Pazeh
巴玻拉語	Papora
加本語	Jabem
卡那卡那富語	Kanakanavu
古戴	Kuthi 或 Kutai
布農語	Bunun
多羅摩	Taruma
西拉雅語	Siraya
沙阿魯阿語	Saaroa
卑南語	Puyuma
邵語	Thao
阿美語	Amis
南島語族	Austronesian language family
洪雅語	Hoanya

【中文】	【英文】
原始台灣語	Proto-Formosan
原始西部語	Proto-Hesperonesian
原始泰雅群語	Proto-Atayal
原始排灣語	Proto-Paiwan
原始鄒群語	Proto-Tsou
泰雅群支	Atayalic subgroup
泰雅語	Atayal
馬來語	Malay
馬玻語支	Malayo-Polynesian subgroup
排灣群支	Paiwanic subgroup
排灣語	Paiwan
凱達格蘭語	Ketagalan
斐濟語	Fiji
猴猴語	Qauqaut
跋羅婆	Pallawa
塔加洛語	Tagalog
道卡斯語	Taokas
達悟(雅美)語	Yami
鄒群支	Tsouic subgroup
鄒語	Tsou
魯凱語	Rukai

【中文】	【英文】
噶瑪蘭語	Kavalan
貓霧栜語	Babuza
賽夏語	Saisiyat
薩馬力諾語	Samareno

第 *1* 章

導　論

　　台灣原住民族，如同前章「叢書導論」中所述，包括了傳統所說的「平埔族」和「高山族」。平埔族居住在台灣北部和西部平原上，已幾近漢化，其語言除噶瑪蘭語和巴則海語尚存著一些活的語言外，大都已經消失了。高山族分布在台灣中央山脈、北部和西部的平原、花東縱谷及離島的蘭嶼島上，所說的語言包括有泰雅語、鄒語、賽夏語、布農語、魯凱語、排灣語、阿美語、卑南語、雅美語（現已改稱為達悟語）等九種，一般畫分成①泰雅語群②鄒語群③排灣語群等三個語群[1]。另外尚有居住在南投日月潭的邵族，一直未被明確歸類成台灣原住民族的一支。上述這些台灣原住民語言均屬於南島語系，和菲律賓、印尼、馬來西亞、太平洋中各島嶼、及非洲的馬達加斯加的語言大都有親屬關係。本書所要探討的

---

[1] 此種畫分法為 Ferrell (1969) 等學者之見解，但其他南島語言學者並不完全贊同。有關不同的論點，讀者可參考 Tsuchida (1976)、Li (1985)、Starosta (1995)。

語言結構即為尚未被明確歸類的邵語。

一、邵語的分布與現況

　　邵族居住於南投縣魚池鄉日月潭德化社（舊稱卜吉社）和大平林，是目前台灣原住民中人口較少的一族。邵族人日常都說閩南語，大都已不太會說邵語；估計大約只有十多人尚能流利的說自己的族語，是故這個語言已面臨消失的危機，迫切需要及時之記錄和保存。

　　國內最先研究邵語的學者是李方桂先生等人 (1958)，後來李壬癸教授 (1976 & 1978)、日本學者土田滋教授 (Tsuchida)、美國學者白樂思教授 (Blust 1995)、及張美智教授 (1998) 等人也加入研究行列。不過彼等早期之研究大都以音韻和構詞為主，較少有語法和長篇語料之探究。本書概括邵語音韻、構詞、語法等之描述，並列出邵語的一些基本詞彙。在此我們要感謝下列幾位邵語發音人：

高倉豐先生：民國26年生於南投縣魚池鄉日月潭，並在該地結婚生子。一直服務於當地之德化國小，未曾到他處謀生過，是該地少數幾位仍能說邵語之原住民。無邵族名。

石阿松先生：生於南投縣魚池鄉日月潭，娶袁嫦娥女士

爲妻，未曾離開日月潭到他處謀生，是該地少數幾
位仍能說邵語之原住民。族名爲 kilaS。

袁嫦娥女士：民國16年生於南投縣魚池鄉日月潭，嫁石
阿松先生爲夫，亦未曾離開該地到他處謀生，是該
地少數幾位仍能說邵語之原住民。無邵族名。

在我們調查本方言結構期間（自1994年12月至1996
年6月），上述諸位發音人非常耐心地提供語料，同時也
給我們許多方面的協助。沒有他們的幫忙，本書是絕對
無法完成的。

二、本書內容概述

本書共分十個單元，首章爲本叢書導論，由何大安和
楊秀芳兩位教授執筆，介紹南島語與台灣南島語，其餘章
節討論之內容如下：第一章導論，介紹邵語的分布和現況，
第二章討論邵語的音韻結構，分語音系統、音韻規則、
音節結構等三節。第三章略述邵語之詞彙結構，分別就
單純詞、衍生詞、複合詞、重疊詞及外來語借詞等五節
討論之。第四章討論邵語的語法結構，其中包括了詞序、
格位標記系統、代名詞系統、焦點系統、時貌（語氣）
系統、存在句（所有句、方位句）結構、祈使句結構、
否定句結構、疑問句結構及複雜句結構等十節。第五章

本應提供數篇邵語的長篇語料，俾與讀者分享邵族人的
文化資產。然因個人田野調查期間，雖努力嘗試著請發
音人提供長篇語料，可惜屢試不成，至今本書已即將付
梓，卻仍未蒐集到一篇長篇語料，委實引以為憾，故摘
錄李方桂先生等人 1958年所撰寫的＜邵語記略＞一文中
的兩小段語料2，配合本書中所用的語音符號系統，並加
以分析，以供讀者參考。第六章列出邵語的一些基本詞彙。
第七單元則介紹現有研究邵語之相關書目，及早年至 1999
年，國內外有關台灣南島語言研究的碩博士論文書目，
希望給台灣原住民及關心原住民語言保存、發展之學者
專家作參考。書末附上專有名詞解釋及本書之索引。

---

2 該兩段故事之轉載乃經國立台灣大學人類學系同意。

邵語的音韻結構

　　要了解一個語言的結構，首先必須要知道該語言的音韻結構，這是本章所要探討的重點。邵語的音韻結構可分語音系統、音韻規則和音節結構三方面來討論，以下分述之。

一、語音系統

　　討論一個語言的語音系統，通常會分輔音和元音兩方面來論述之，此乃因爲輔音發聲時，口腔或鼻腔中的某些部位會阻擋著氣流；氣流的流出，不像發元音時那麼的自由。討論輔音時，一般會就三方面來考量：(一)發音方式——即氣流是如何被阻塞？完全阻塞後爆破而出（故稱塞音）、或摩擦而出（而稱擦音）、抑或利用其他方式發聲（如邊音、顫音、滑音等）？(二)發音部位——即氣流是在口腔或鼻腔中的哪個部位被阻塞或摩擦？在雙唇間、齒間、舌

根、或其他部位？(三)清濁音—即發音時，聲帶會振動（故為濁音）或不振動（而成清音）？此外，清音會再因發音時送氣或不送氣，再分成兩類。至於描述元音時，一般則是從(一)舌位高低、(二)舌位前後、(三)唇形圓扁等三方面來檢視。

　　邵語的語音系統，計有輔音二十一個和元音三個[1]，如下表所示（本書中所用的符號，乃依據教育部委託中央研究院李壬癸教授所編著的《台灣南島語言的語音符號系統》一書中的邵語音韻系統加以修改而寫；方括弧內所示為國際音標中所採用的符號）：

---

[1] 李壬癸 (1976: 221 & 1992: 51) 和白樂思 (1995: 5-12) 亦有同樣的分析，但李方桂等人 (1958) 之研究中認為邵語有二十個輔音和四個元音：沒有 /s/ 輔音，而有 /e/ 元音。

表 2.1 邵語的語音系統

[輔音]

發音方式＼發音部位		雙唇	舌　　尖	舌面	舌根	小舌	喉音
塞音	清	p	t		k	q	'[ʔ]
	濁	b	d				
鼻音		m	n		ng[ŋ]		
擦音	清	f	c[θ];　s	S[ʃ]			h
	濁		z[ð];				
邊音	清		L[ɬ]				
	濁		l				
顫音			r				
滑音		w		y			

[元音]

	前	央	後
高	i		u
中			
低		a	

說明：

（1）／p; t; k; q; '／均為不送氣的清塞音。

（2）／b; d／兩音為前面有聲門閉鎖的濁塞音，即 [ʔb;

ʔd]，而非吸入音[2]。

(3)／q／音爲小舌音[3]。

(4)除了／b; d; h; ng／四個音外，其他的輔音均可出現
在字首、字中和字尾；／b; d; h／三個音不能出現在
字尾；／ng／不出現在字首，是邵語二十一個輔音
中較少見的音，通常只見於／k; q／音之前。

(5)三個元音可出現在字首、字中或字尾[4]。

以下爲含有上述二十一個輔音和三個元音的字詞：

表 2.2 邵語輔音及元音的分布

輔音	字 首	語 意	字 中	語 意	字 尾	語 意
/p/	patyaSan	書	mapa'	背	qalup	陷阱
/t/	tima	誰	atu	狗	mzait	說
/k/	kuLun	蝦	makakuyas	唱歌	'azazak	孩子
/q/	quntut	放屁	laqi'	女婿	mutaq	嘔吐
/'/	'ata	別	tu'tu'	奶	puqu'	骨頭
/b/	buna'	地瓜	tubu	尿	---	
/d/	dawkan	肥皂	Midahip	幫忙	---	

---

2 此種看法爲白樂思 (1995: 2) 所提。

3 李方桂等人 (1958: 137) 和李壬癸 (1976: 221) 將邵語的 /q/ 分析爲小舌
音，但白樂思 (1995: 2) 則認爲其應爲咽頭音。這有待進一步的儀器檢測。

4 李方桂等人 (1958: 137) 認爲邵語的三個元音只可出現在字中；出現在字
首或字尾時，其前、後均會有喉塞音。

/m/	makan	吃	rima'	手	taLum	血
/n/	nak	我的	maniza'	釣魚	nipin	牙齒
/ng/	---		pangka'	椅子	---	
/f/	fafuy	豬	'afu'	飯	---	
/c/	cumay	熊	cacusa'	稀飯	rakac	疤
/s/	suma	某人	mabiskaw	快	ruzis	嘴
/S/	Sawiki'	檳榔	mutuSi'	去	SaqiS	臉
/h/	huruy	朋友	qahil	紙	---	
/z/	zama	舌	ruza'	船	dawaz	漁網
/l/	lalawa'	語言	tuwali'	錢	dadul	頭目
/L/	Luun	鼻涕	paLay	打	SimaL	脂肪
/r/	ranaw	雞	maharan	寬的	qmirqir	咬
/w/	waziS	野豬	kawi'	木頭	pitaw	門
/y/	yanan	床	anyamin	東西	inay	這裡

元音	字 首	語 意	字 中	語 意	字 尾	語 意
/i/	ik	我	SmaqiS	縫	bibi	下巴
/a/	a	連繫詞	kman	吃	'ama	爸爸
/u/	unay	來！	bunaz	砂	tutu	乳房

二、音韻規則

在邵語中我們發現五條音韻規則，以下逐條說明之。

（1）滑音／w／出現在雙元音之間會發成唇齒音 [v] 音。規則如下：

／w／ → [v] ／ {i; u; a}＿＿＿ { i; u; a }

例如：rawaz [ravaz] 飛鼠

（2）／i; u／兩個元音出現在／q／音鄰近時，會變低分別轉發成 [e; o] 音，有時也會出現過渡音 [y; w]。規則如下所示：

／i／ → [e; e^y; ^{y}e] ／ { q ＿＿; ＿＿q }

／u／ → [o; o^w; ^{w}o] ／ { q ＿＿; ＿＿q }

例如：pruq [proq] 土地

quntut [qontut] 放屁

（3）如同／q／音，出現在／r／音鄰近的／i; u／音，會變低轉發成 [e; o] 音。規則如下：

／i／ → [e] ／ { r ＿＿; ＿＿r }

／u／ → [o] ／ { r ＿＿; ＿＿r }

例如：furaz [foraz] 月亮

（4）詞綴／um／出現在齒尖音前時，會轉發成／un／

音。規則如下：

／um／　→　／un／　　／ ___{ t; l; r }

例如：kumlup [kunlup] 關上

（5）當重音節的元音出現在一個不是滑音／w; y／的輔
　　音前時，通常會發成長音[5]。規則如下：

[重音節元音]　→　[長音]　　／ ___ [非滑音的輔音]

例如：Sput [Spu:t] 漢人

三、音節結構

　　邵語的音節結構是以元音為核心，加上前後可能有
的輔音或輔音群組合而成。其結構規則如下（括號表該
輔音之可能存在或不存在）：

　　（C（C））V（C（C））

至於邵語詞彙的音節結構，常見的有下列諸類型：

---

[5] 此條音韻規則乃李壬癸 (1976: 229-230) 所提：" ... a stressed vowel is long
　 before a true consonant..." 。不過也有一些例外情形，請參考李壬癸 (1976:
　 229)。

表 2.3 邵語詞彙的音節結構

V	a	連繫詞
CV	ti	主格標記
CVC	but	身體
CVCV	milu	游泳
CVCVC	pitaw	門
CVCVCV	cacapu	掃帚
CVCVCVC	mafazak	知道
CVCVCCVC	maSimlaw	寒冷
CVCVCVCV	macacawa	笑
CVCVCVCVC	kamapacay	殺死
CCVC	brak	洞
CCVCVC	cmanit	哭
CCVCCVC	tmabrak	挖(洞)
CVVC	luiS	短的
CVCC	tawn	房子
CVCCVC	rumfaz	鳥
CVCCVCCV	matyaSya	作夢
CVCCVCCVC	maprupruq	髒的
CVCCVCVCCV	maLkaLilyu	做工
CVCCVCVC	minparaw	跳舞
CVCCVCVCVC	langqisusay	小的

| CVCVCCVC | pinafziq | 射過 |
| CVCVCCVVC | makulyuiS | 長的 |

　　至於邵語詞彙的重音，除了單音節的字和極少數幾個多音節的字重音落在最後一個音節上（例如： nák '我的'、makán '吃'、mutáwn '進屋；回家'、tanadá '右邊'），大部份字的重音都落在倒數第二個音節上，故通常不需標出。又者，當字幹加上詞綴時，重音亦跟著移動，使重音仍落在所成新字的倒數第二個音節上，例如：

mzáy　　'說'　　　　　　→ m-ín-zay '說過'

máLus　 '睡'　　　　　　→ maLúLus '常睡'

mífaz　　'穿（主事焦點）' → ifáz-an '穿（受事焦點）'

邵語的詞彙結構

　　本章所要討論的是邵語詞彙結構。如同大多數的語言，邵語詞彙類型主要有單純詞、衍生詞、合成詞、重疊構詞和借詞，以下將逐一舉例介紹之。至於標示「焦點」、「時貌」和「語氣」的一些非衍生詞綴（如：<u>m</u>-, <u>ma</u>-, -<u>um</u>-, -<u>in</u>-, -<u>an</u>, -<u>in</u>, -<u>u</u>, -<u>i</u> 等），將於第四章第四、五節中討論。

一、單純詞

　　單純詞是由詞幹構成而不需附加任何詞綴，邵語的單純詞依構成的音節，可分為單音節單純詞和和多音節單純詞，舉例如下：

單音節單純詞

a	連繫詞	tu	助詞	ti	主格標記
nak	我的	fak	肺	but	身體

| pruq | 泥土 | qtut | 屁 | flak | 黑鰻 |

多音節單純詞

yaku'	我	rasaw	魚	makan	吃
tamuhun	帽子	pataSan	書	miparaw	跳舞
tiLatata'	前天	Sarirunu'	木瓜	makabukay	開花

二、衍生詞

　　衍生詞是由詞幹附加上詞綴構成的，其語意和語法作用亦可能隨之改變。一般說來，邵語的詞綴可分爲前綴、中綴、後綴和合成綴等。前綴是附加在字首的詞綴，附加在字中的詞綴稱爲中綴，加在字尾的詞綴則稱爲後綴，合成綴是上述三種詞綴間相互搭配一起使用的。邵語的詞綴中，前綴數量最多，構詞能力最強。以下所介紹的是該語言中較常見的一些詞綴。

前綴

(1) in- 可附加於動詞詞幹前,而構成一語意相關之名詞，
　　如：

| in-utaq | in-吐 | 吐出之物 |

例句：

tu　'azazak a　　　inutaq

[　孩子　屬格　吐出之物]

'這是孩子吐出之物'

(2) <u>kin-</u> 可附加於名詞詞幹前，而構成一表「撿（該物）」
　　之相關動詞，如：

kin-tutuku'	kin-田螺	撿田螺
kin-karamat	kin-小蛤蠣	撿小蛤蠣
kin-tunabay	kin-尖螺	撿尖螺

例句：

yaku' muSamazan kintutuku'

[我　沿湖邊　　撿田螺]

'我沿著湖邊撿田螺'

(3) <u>ma-</u> 可附加於名詞詞幹前，而構成一表「戴（該物）」
　　之動詞，如：

| ma-tamuhun | ma-帽子 | 戴帽子 |

例句：

'azazak <u>matamuhun</u> mihu' wa　　tamuhun

[小孩　戴　　　你的　連繫詞　帽子]

'(這)小孩戴你的帽子'

(4) <u>ma-</u> 可附加於名詞詞幹前，而構成語意相關之動詞，
例如：

ma-barumbun	ma-雷	打雷

例句：

minqusum   qali.   mabarumbun

[黑　　　天　　打雷]

'天變黑了，在打雷'

(5) <u>ma-</u> 可附加於名詞詞幹前，而構成語意相關、表狀態
之形容詞，如：

ma-LimaS	ma-油	肥的
ma-harbuk	ma-霧	有霧的
ma-ra'ularada	ma-衣服上之污物	(衣服)髒
ma-risrisin	ma-皮膚上之污穢	(皮膚)髒

例句：

'ata'　　macua' kman　maLimaS aktaLa'

[否定詞 多　　吃　　肥的　　肉]

'別吃太多的肥肉！'

(6) <u>maka-</u> 可附加於名詞詞幹前，而構成語意相關之動
詞，如：

maka-kuyaS	maka-歌	唱歌
maka-bukay	maka-花	開花
maka-bunLaz	maka-肉	成長
maka-paraw	maka-跳躍	跳
maka-ruza	maka-船	以槳划船

例句：

'ina　　makakuyaS

[媽媽　唱歌]

'媽媽唱歌'

(7) maLi- 可附加於名詞詞幹前，而構成語意相關之動
詞，如：

maLi-'azazak	maLi-孩子	生孩子

例句：

nak　　a　　　　　tantuqaS　amaLi'azazak

[我的　連繫詞　姐姐　　將生孩子]

'我姐姐將生孩子'

(8) mana- 可附加於名詞詞幹前，而構成語意相關之動
詞，如：

mana-saya	mana-上游	往上游
mana-raus	mana-下游	往下游

例句：

rusaw manasaya

[魚 往上游]

'魚往上游'

(9) mat- 可附加於名詞詞幹前，而構成語意相關、表狀
態之形容詞，如：

mat-bulbul	mat-灰塵	有灰塵的

例句：

mihu' wa tawn matbulbul

[你的 連繫詞 房子 有灰塵的]

'你的房子有灰塵'

(10) miku- 可附加於動詞詞幹前，而構成表「喜歡...」
之動詞，如：

miku-kan	miku-吃	喜歡吃
miku-kaLus	miku-睡	喜歡睡
miku-paniza	miku-釣魚	喜歡釣魚

例句：

yaku' mikukan rusaw

[我 喜歡吃 魚]

'我喜歡吃魚'

(11) mu- 可附加於名詞詞幹前，而構成一相關動詞，如：

mu-wazakan	mu-湖	在湖裡
mu-Samazan	mu-湖邊	沿著湖邊
mu-buhat	mu-田	去田裡工作

例句：

huya wa   'azazak muwazakan smapuk rusaw
[那   連繫詞 小孩   在湖裡   捕   魚]
'那小孩在湖裡捕魚'

(12) p- 可附加於名詞前，而構成一語意相關之動詞，如：

| p-apuy | p-火 | 起火 |

例句：

'ina   papuy
[媽媽 起火]
'媽媽起火'

(13) pa- 可附加於動詞前，而構成表「使；讓」之使役動
　　　詞，如：

pa-kan	pa-吃	使...吃；餵
pa-cupiS	pa-數	使...數
pa-Lanit	pa-哭	使...哭

pa-kacu'	pa-帶來	寄

例句：

'ina   pakan   'azazak   rusaw

[媽媽   餵   小孩   魚]

'媽媽餵小孩吃魚'

(14) pak- 可附加於名詞前，而構成一表「流…」之動
詞，如：

pak-taLum	pak-血	流血
pak-ruSak	pak-淚	流淚
pak-Sibun	pak-汗	流汗
pak-nazak	pak-膿	化膿

例句：

mihu' wa   kuskus   paktaLum   Syangruqit

[你的 連繫詞 腳   流血   摩擦到脫皮]

'你的腳摩擦到脫皮流血'

(15) pia- 可附加於動詞前，而構成表「使；讓」之使役
動詞，如：

pia-damadamat	pia-安靜	使…安靜
pia-brak	pia-洞	挖(洞)
pia-haran	pia-寬	使…寬

例句：

yaku' piadamadamat 'azazak

[我　　使安靜　　　　孩子]

'我使孩子安靜下來'

(16) pin- 可附加於名詞前，而構成一語意相關的動詞，
例子如下：

| pin-huruy | pin-朋友 | 作朋友 |
| pin-tata | pin-熱氣 | 煮 |

例句：

yaku' pinhuruy 'ihun

[我　　作朋友　　你]

'我和你作朋友'

pin- 亦可附加於動詞詞幹前，而構成使役動詞，如：

| pin-buqnur | pin-生氣 | 使...生氣 |

(17) piS- 可附加於名詞詞幹前，而構成表「排（泄）」之
動詞，如：

| piS-tubu | piS-尿 | 小便 |
| piS-qumbu' | piS-煙 | 出煙；排廢氣 |

例句：

yaku' apiStubu

[我　　將小便]

'我要小便'

piS- 亦可附加於動詞詞幹前，而構成一使役動詞，如：

| piS-kiwar | piS-彎 | 使...彎 |

(18) pu- 可附加於名詞前，而構成一意指「排(泄)」之動詞，如：

| pu-caqi | pu-糞便 | 大便 |

例句：

'azazak　apucaqi

[小孩　　將大便]

'(這)小孩要大便'

中綴

（1）-in- 可附加於動詞詞幹中，而構成一名詞，如：

| q-in-irqir | 咬-in-咬 | 被咬過的痕跡 |

例句：

'inay   atu   wa   qinirqir

[這   狗   連繫詞 咬過的痕跡]

'這是狗咬的'

（2）-un- 可附加於名詞詞幹中，而構成一動詞，如：

q-un-tut	屁-un-屁	放屁

例句：

'azazak   quntut

[小孩   放屁]

'小孩放屁'

後綴

（1）-an 可附加於動詞詞幹後，而構成一語意與原動詞相
    關之名詞，如：

pataS-an	讀-an	書

例句：

manu'   wa   pataSan

[誰的   主格   書]

'這是誰的書？'

（2）-in 可附加於名詞詞幹後，而構成一語意與原名詞相

關之形容詞，如：

| urum-in | 雲-in | 有雲的 |

例句：

tiLa main <u>urumin</u>, Luini mani <u>urumin</u>, simaq
[昨天也　　有雲的　今天　也　　　有雲的　　明天
amuqLa <u>urumin</u>
[還　　　有雲的]
'昨天也有雲，今天也有雲，明天還會有雲'

（３）-<u>in</u> 可附加於名詞詞幹後，而構成一與原名詞相關之
動詞，如：

| furaz-in | 月-in | (月)上升 |

三、複合詞

邵語的複合詞似乎沒有，通常是在兩個名詞間加上
連繫詞 <u>a</u>（<u>ya</u> 或 <u>wa</u>）而成，例子如下：

pataSan 書 + a + tawn 房 = pataSan a tawn 圖書館
quway 藤 + ya + pangka' 椅 = quway a pangka' 藤椅
kawi' 木 + ya + pangka' 椅 = kawi' a pangka' 木椅
qilpaw 鴨 + wa + karicuy 蛋 = qilpaw a karicuy 鴨蛋

ranaw	雞 + wa + karicuy	蛋	= ranaw a karicuy	雞蛋
ranaw	雞 + wa + bunLaz	肉	= ranaw a bunLaz	雞肉
knuan	牛 + a + bunLaz	肉	= knuan a bunLaz	牛肉
fiLak	葉 + a + rima	手	= fiLak a rima	手指

例句：

yaku' amutuSi'　　pataSan a tawn

[我　　將去　　　圖書館]

'我要去圖書館'

四、重疊詞

　　很多語言的重疊構詞形式可分部份重疊和全部重疊兩種類型，但邵語僅有部份重疊一種類型。除了詞幹的部份重疊能構成新詞外，有時也會有其他詞綴一同出現。以下舉例討論之。

（1）重疊動詞詞幹的一個音節，則可構成一語意相關、表習慣性動作之動詞，如：

ma-Lu-Lus	ma-重疊-睡	常睡
pang-qa-qawan	pang-重疊-休息	常休息
ma-ta-taS	ma-重疊-寫	常寫

例句：

myaqay　　　yaku'　<u>maLuLus</u>

[每天　　　我　　　常睡]

'我每天睡覺'

（２）重疊一動詞詞根的前二個音節，則可構成一表程度
增強之形容詞，如：

| ma-cima-cimas | 主事焦點-重疊-油 | 油油的 |

例句：

mihu'　wa　　　　ruzis　　<u>macimacimas</u>

[你的　連繫詞　　嘴　　　油油的]

'你的嘴油油的'

（３）重疊動詞詞幹的第一個音節，詞幹後再加上後綴　-
<u>an</u>，則可構成一語意相關之名詞，如：

| fLu-fLuq-an | 重疊-洗-an | 洗...的地方 |

例句：

'inay　　<u>fLufLuqan</u>　　a　　　　rima'

[這裡　洗...的地方　連繫詞　手]

'這是洗手的地方'

（４）重疊一動詞詞幹的第一個音節，詞幹後再加上後綴　-
<u>in</u>，則可構成一語意相關之名詞，如：

ka-kan-in	重疊-吃-in	食物

例句：

'ama　myawan　　yaku'　fariw　　　kakanin
[爸爸　替.主事焦點　我　　買.主事焦點　食物]
'爸爸替我買食物'

（5）重疊一動詞詞幹的前二個音節，詞幹後再加上後綴 -an，則可構成一語意相關之名詞，如：

cupiS-cupiS-an	重疊-數-an	學校

例句：

yaku'　amutuSi　cupiScupiSan
[我　　將去　　學校]
'我將去學校'

（6）重疊動詞詞幹的第一個輔音，再加上元音 /a/，則可構成一語意相關之名詞，如：

c-a-capu	重疊-a-掃	掃帚
k-a-kuLi	重疊-a-耙	耙子
t-a-tiuz	重疊-a-梳	梳子
t-a-tuqlu	重疊-a-遮蓋	(鍋)蓋

例句：

'izay   mihu' wa   cacapu

[這   你的   連繫詞   掃帚]

'這是你的掃帚'

(7)重疊一動詞詞根的第一個輔音，再加上元音 /a/，則可構成一語意相關、表正在進行之動詞，如：

mi-La-Lungqu'	坐-重疊-a-	正坐著
mi-La-LiLi'	站-重疊-a-	正站著

例句：

yaku'   miLaLungqu'

[我   坐著]

'我正坐著'

(8)重疊動詞詞幹的第一個輔音，加上元音 /a/，詞幹後再加上後綴 -an，則可構成一語意相關之名詞，如：

t-a-tnun-an	重疊-a-織-an	織布機

例句：

'izay 'ina wa   tatnunan

[這   媽媽 連繫詞   織布機]

'這是媽媽的織布機'

五、外來語借詞

邵語從閩南語中借進許多字，下面是一些例子，提供讀者作參考：

ban	萬	pang	麵包
caytaw	菜刀	saipu'	蘿蔔乾
lapat	番石榴		

第4章

邵語的語法結構

　　本章所要探討的邵語語法結構包括了該語言的詞序、格位標記系統、代名詞系統、焦點系統、時貌（語氣）系統、存在句（所有句、方位句）結構、祈使句結構、否定句結構、疑問句結構、複雜句結構等，以下逐項討論之。

一、詞序

　　如同大多數的台灣南島語言一樣，邵語的基本詞序也是謂語出現在句首。由於謂語通常爲動詞，是故此類句子稱爲「動詞句」。例句如下（畫底線部份即爲當謂語的動詞）：

1a. <u>ma-tici'</u>　　　 {yaku'}主語

　　[主事焦點-冷 我]

　　'我冷'

b. ma-qarman   {'azazak}_{主語}

   [主事焦點-生病 小孩]

   '小孩生病'

c. 'itiya'   {ruza}_{主語}

   [存在.主事焦點 船]

   '有船'

d. 'itiya'   {nak a   ruza}_{主語}

   [存在.主事焦點 我的 連繫詞 船]

   '我有船'

e. k-un-lup   {tuqatuqaS}_{主語} pitaw

   [關-主事焦點-   老人   門]

   '老人在關門'

f. ma-tamuhun {yaku'}_{主語} mihu' wa   tamuhun

   [主事焦點-戴 我   你的 連繫詞 帽子]

   '我戴你的帽子'

　　不過，有些句子句首的謂語為一名詞(組)，換句話說，該句子是由兩個名詞(組)組合而成，構成所謂的「名詞句」，或稱「等同句」。以下即為此類型的句子：

2a.{caw}_{謂語} {kilaS}_{主語}

   [人   kilaS]

   'kilaS 是邵族人'

b.{kilaS}_{謂語} {nak　a　　　　'ama}_{主語}

[kilaS　　　我的　連繫詞　爸爸]

'我爸爸是 kilaS'

c.{tima}_{謂語}　{'ihu'}_{主語}

[誰　　　　　你]

'你是誰？'

d.{numa'}_{謂語}　{'izay}_{主語}

[甚麼　　　　這]

'這是甚麼？'

e.{i　　　　taypak}_{謂語} {nak　a　　　　tawn}_{主語}

[處所格 台北　　　我的　連繫詞　家]

'我家在台北'

　　至於動詞句子中表徵文法主語的名詞組通常會出現在謂語之後，不論其所標示的語意角色為主事者，如(2a-d)所示；或受事者，如(2e-f)所示。因此邵語是個「動詞—主語—其他成份」的語言（下面例句中斜體部份即為文法主語）：

2a. <u>k-un-lup</u>　　　　{*tuqatuqaS*_{主事者}}_{主語}　　pitaw_{受事者}

[關-主事焦點- 老人　　　　　　　　門]

'老人在關門'

　b. <u>ma-tamuhun</u>　{*yaku'*_{主事者}}_{主語} mihu' wa　　　tamuhun_{受事者}

[主事焦點-戴 我　　　　　你的　連繫詞 帽子]

'我戴你的帽子'

c. <u>ma-kan</u>　　　　{*suma*主事者}主語　nak　a　　　buna'受事者

　　[主事焦點-吃　某人　　　　　　我的　連繫詞　地瓜]

　　'某人吃我的地瓜'

d. <u>q-un-riw</u>　　　　{*yaku'*主事者}主語　'apin　a　　　ranaw受事者

　　[偷-主事焦點-　我　　　　　　'apin　連繫詞　雞]

　　'我偷 'apin 的雞'

e. <u>kan-in</u>　　　　{*nak a　　　buna'*受事者}主語　suma主事者

　　[吃-非主事焦點　我的　連繫詞　地瓜　　　　　某人]

　　'我的地瓜被吃了'

f. <u>qriw-in</u>　　　　{*'apin a　　　ranaw*受事者}主語　yaku'主事者

　　[偷-非主事焦點　'apin　連繫詞　雞　　　　　我]

　　''apin 的雞被我偷了'

　　不過,在現今邵族人日常的言談中,除了標示存在、所有的句子外(將於本章第六節討論),一般句子的詞序常已變成「主語—動詞—其他成份」,是故句子如(2a-f)已說成如下之結構:

3a. {*tuqatuqaS*主事者}主語　<u>k-un-lup</u>　　　　pitaw受事者

　　[老人　　　　　　　　關-主事焦點-　門]

　　'老人在關門'

b. {*yaku'*主事者}主語 <u>ma-tamuhun</u>　mihu' wa　　　tamuhun受事者

　　[我　　　　　主事焦點-戴　你的　連繫詞　帽子]

'我戴你的帽子'

c. {*suma*主事者}主語 <u>ma-kan</u>　　　　nak　　a　　buna'受事者

　　[某人　　　　　主事焦點-吃　我的　連繫詞　地瓜]

　　'某人吃我的地瓜'

d. {*yaku'*主事者}主語 q-un-riw　　　'apin　　a　　ranaw受事者

　　[我　　　　　　偷-主事焦點-　'apin　連繫詞　雞]

　　'我偷 'apin 的雞'

e. {*nak　a　　buna'*受事者}主語 <u>kan-in</u>　　　suma主事者

　　[我的　連繫詞　地瓜　　　　吃-非主事焦點　某人]

　　'我的地瓜被吃了'

f. {*'apin a　　ranaw*受事者}主語 <u>qriw-in</u>　　yaku'主事者

　　['apin 連繫詞　雞　　　　　偷-非主事焦點　我]

　　''apin 的雞被我偷了'

　　此外，在不會產生歧意的情形下，例如因參與者為有生命或無生命、而語意角色明確時，詞序會較為自由。換言之，在沒有歧異的情形下，表文法主語和非文法主語的名詞(組)可以互換位置，比較(4a)和(4a')、(4b)和(4b')即可得知（例句中的斜體部份為文法主語）：

4a. {*kilaS*主事者}主語 <u>ma-tamuhun</u> mihu' wa　　tamuhun受事者

　　[kilaS　　　　　主事焦點-戴 你的　連繫詞　帽子]

　　'kilaS 戴你的帽子'

a'.mihu' wa　　　　tamuhun$_{受事者}$　<u>ma-tamuhun</u>

[你的　連繫詞　帽子　　　　主事焦點-戴]

{kilaS$_{主事者}$}$_{主語}$

[kilaS]

'kilaS 戴你的帽子'

b. {mihu' wa　　　tamuhun$_{受事者}$}$_{主語}$　<u>tamuhun-in</u>

[你的　連繫詞　帽子　　　　　　戴-非主事焦點]

kilaS$_{主事者}$

[kilaS]

'kilaS 戴你的帽子'

b'.kilaS$_{主事者}$　<u>tamuhun-in</u>　{mihu'　wa

[kilaS　　　戴-非主事焦點　你的　　連繫詞]

tamuhun$_{受事者}$}$_{主語}$

[帽子]

'kilaS 戴你的帽子'

在上面例子中，kilaS為有生命的主事者，而 tamuhun '帽'為無生命的受事者，因此不論其在句中出現的次序如何改變，均不會產生不合語法的句子，詞序相當的自由。

又者，當表參與者的形式十分明確，如(4c-c')中的 <u>yakin</u> 為受格代名詞、表受事者，則詞序亦會較為自由：

4c. {kilaS$_{主事者}$}$_{主語}$ paLay　　　yakin$_{受事者}$

[kilaS　　　　打.主事焦點　我]

'kilaS 打我'

c'.yakin_{受事者} paLay　　　　{*kilaS*_{主事者}}_{主語}

[我　　　打.主事焦點　　kilaS]

'kilaS 打我'

相反的，例(4d)中的中性格代名詞 yaku'，由於其可表徵多種不同語意角色的參與者，則不宜隨便改變其在句中出現的位置，否則語意亦會隨之改變，如(4d')所示（斜體部份為文法主語）：

4d. {*yaku'*_{受事者}}_{主語}　　paLay-in　　　　kilaS_{主事者}

[我　　　　　　打-非主事焦點　　kilaS]

'kilaS 打我'

d'.{*kilaS*_{受事者}}_{主語}　　paLay-in　　　　yaku'_{主事者}

[kilaS　　　打-非主事焦點　　我]

'我打 kilaS'

　　當一個句子中除主事者、受事者外，還有第三個參與者出現時，不管它是表徵接受者、受惠者或工具，則句子通常會用連動結構表之（將於本章第十節討論）。例句如下（畫底線部份為第一個動詞，粗體部份為第二個動詞，斜體部份為文法主語）：

5a. {*'ama*_{主事者}}_{主語} <u>fariw</u>　　　　pataSan_{工具}　　**cay**

[爸爸　　　買.主事焦點　書　　　　　給.主事焦點

yaku'接受者

[我]

'爸爸買書給我'

b. {'ama主事者}主語 myawan　　　yaku'　　**fariw**

[爸爸　　　　　替.主事焦點　我　　　買.主事焦點

pataSan受事者

[書]

'爸爸替我買書'

c. {kilaS主事者}主語 pasayin　　　funuS工具　**kutafaL**

[kilaS　　　　　用.主事焦點　刀　　　刺.主事焦點

cumay受事者

[熊]

'kilaS　用刀刺熊'

二、格位標記系統

　　大多數台灣南島語的句子中，表參與者的名詞前都會有格位標記，以標示該參與者之語意角色或在句子中所具有的文法關係（如主語、賓語等）。有些語言的格位標記系統非常複雜，其格位標記會因表參與者的名詞爲專有名詞或普通名詞、是表單數或複數、或其他特殊性質而有所不同；有些語言則非常簡單；有些語言甚至沒有任何格位標記，此時句中名詞(組)的語法功能就要藉由詞序來標示

之。

　　如同大多數其他台灣南島語一樣，邵語句子中表參與者的名詞前有些也有格位標記。邵語的格位標記可分主格、受格和處所格三類，如下表所示：

表 4.1 邵語的格位標記系統

名　　詞	格　　位　　標　　記		
	主　格	受　格	處　所　格
專有、普通	ti	tu	i; isa

由上表得知，邵語的格位標記不會因為其後的名詞為專有名詞或普通名詞、名詞為單數或複數、或其他特殊性質而有所改變。就此而言，比起大多數的台灣南島語言，邵語是個格位標記系統相當簡易的語言。

主格格位標記

　　邵語的主格格位標記是出現在表徵文法主語的名詞(組)前，用以標示該事件的主事者(如例[1a-b])、或該事件的受事者(如例[1c-d])；這語意角色是隨著該句子的焦點標記為主事焦點標記或受事焦點標記（將於本章第四節中討論）。

　　不過一般日常言談裡，主格標記通常並不會出現在句子中，是故詞序取代了格位標記的功能，而佔較重要的角

色。換言之，邵語的文法主語會出現在句首，非文法主語則出現在謂語之後；而謂語前後之文法主語和非文法主語所標示的語意角色，到底是主事者或受事者則無關重要。這已在前一節中討論過，在此不再贅述。

在我們所蒐集到的語料中，主格標記出現的頻率非常低，同時也僅出現在標示事件之主事者前，如例(1a-b)所示（句中的括號表該格位標記可以不出現）：

1a. (ti)　　　{'ama_{主事者}}_{主語}　a-m-aniza'
　　[主格　爸爸　　　　　　未來式-主事焦點-釣魚]
　　'爸爸將釣魚'

 b. (ti)　　　{'azazak_{主事者}}_{主語}　k-m-an　　　(tu)　　buna'_{受事者}
　　[主格　小孩　　　　　　吃-主事焦點- 受格　地瓜]
　　'小孩在吃地瓜'

 c. ø　　　{buna'_{受事者}}_{主語}　　kan-in　　　　suma_{主事者}
　　[主格　地瓜　　　　　　吃-非主事焦點　某人]
　　'地瓜被吃了'

 d. ø　　　{ranaw_{受事者}}_{主語}　　qriw-in　　　yaku'_{主事者}
　　[主格　雞　　　　　　　偷-非主事焦點　我]
　　'雞被我偷了'

受格格位標記

受格格位標記是用以引介標示受事者之名詞，如例

(2a-b)所示：

2a. ti 　　　{'azazak_{主事者}}_{主語} k-m-an 　　　<u>tu</u> 　　　buna'_{受事者}
　　[主格　小孩 　　　　　　　吃-主事焦點- 受格 　　地瓜]
　　'小孩在吃地瓜'

b. {yaku'_{主事者}}_{主語} q-un-riw 　　　<u>tu</u> 　　　ranaw_{受事者}
　　[我 　　　　　　偷-主事焦點- 　受格 　雞]
　　'我偷雞'

然與主格標記一樣，在日常言談時受格標記通常也很少會出現在句子中，如(2a'-b')：

2a'.ti 　　　{'azazak_{主事者}}_{主語} k-m-an 　　　<u>ø</u> 　　　buna'_{受事者}
　　[主格　小孩 　　　　　　　吃-主事焦點- 受格 　　地瓜]
　　'小孩在吃地瓜'

b'.{yaku'_{主事者}}_{主語} q-un-riw 　　　<u>ø</u> 　　　ranaw_{受事者}
　　[我 　　　　　　偷-主事焦點- 受格 　雞]
　　'我偷雞'

處所格格位標記

邵語的處所格 <u>i</u> 及 <u>isa</u> 出現在表地點之名詞(組)前，例子如下：

3a. 'itiya' <u>i</u> 　　　kariawan 　　nak 　　a 　　　tawn
　　[存在　處所格 埔里 　　　我的 　連繫詞　房子]
　　'我有房子在埔里'

b. nak   a   'azazak   <u>i</u>   tawn

[我的   連繫詞   小孩   處所格   屋]

'我的小孩在屋子裡'

4a. 'afu' sunza'   <u>isa</u>   nipin

[飯   留.主事焦點   處所格   牙齒間]

'飯粒留在牙齒間'

b. 'itiya' 'azazak   <u>isa</u>   nak   a   yanan

[存在   小孩   處所格   我的   連繫詞   床]

'有孩子在我床上'

    至於這兩個處所格的語意差異，及何時使用處所格 <u>i</u>、何時使用 <u>isa</u>，則有待進一步的研究。

其他標記

    除了上述三個格位標記外，邵語尚有一個連繫詞 <u>a</u>（有時以 <u>wa</u> 或 <u>ya</u> 的形式出現），會出現在標示主與從、擁有者與被擁有者之名詞間，如下面例子所示：

5a. ri'buS從 <u>a</u>   fiLaq主   ma-cacaq

[樹   連繫詞   葉子   主事焦點-落下來]

'樹葉落下來了'

b. yaku' q-un-riw   'apin從/擁有者 <u>a</u>   ranaw主/被擁有者

[我   偷-主事焦點-   'apin   連繫詞   雞]

'我偷 'apin 的雞'

c. larima從 wa atu主 'inay m-itaLa'
　[五　　連繫詞 狗　　這裡　　主事焦點-等]
　'五隻狗在這裡等著'

d. 'azazak q-un-riw mihu從/擁有者 wa ranaw主/被擁有者
　[小孩　偷-主事焦點- 你的　　　連繫詞 雞]
　'小孩偷你的雞'

e. 'apin q-un-riw luqi從/擁有者 ya ranaw主/被擁有者
　['apin 偷-主事焦點- 女婿　　　連繫詞 雞]
　''apin 偷女婿的雞'

f. 'izay從 ya tawn主 fariw-ik
　[那　　連繫詞　房子　　賣.主事焦點-我]
　'那房子我賣了'

　　比較上面例子可以看出，連繫詞的三種形式 a (例
[5a-b])、wa (例[5c-d])和 ya (例[5e-f])之選用是由其出現之
鄰近音所決定。換言之，當前一個字的尾音為後高元音 u
或低央元音 a 時，連繫詞 wa 會出現；當前一個字的尾
音為前高元音 i 或滑音 y 時，ya 會出現；其餘場合，
則 a 會出現。

三、代名詞系統

　　邵語代名詞系統，可分人稱代名詞、指示代名詞和疑

問代名詞三種；以下先討論人稱代名詞。

人稱代名詞

邵語的人稱代名詞共有四套，即主格、中性格、屬格和受格人稱代名詞，如下表所示：

表 4.2 邵語的人稱代名詞系統

人　稱　代　名　詞		附　著　式	自　　　由　　　式		
數	人　　　稱	主　　　格	中 性 格	屬　　　格	受　　　格
單	一	-k;-ak;-ik	yaku'	nak	yakin
	二		'ihu'	mihu'	mihun
數	三		cicu'	cicu'	cicun
複	一　包含式		'ita'	mita'	mitan
	排除式		yamin	nama'	yamin
數	二		maniyun	maniyun	maniyun
	三		caycuy	caycuy	caycun

由上表我們發現這四套人稱代名詞中，除了主格人稱代名詞為附著式外，其餘均為自由式代名詞。此外，我們也可以發現邵語的自由式人稱代名詞系統具有下列諸特徵：

(i) 所有人稱代名詞並無性別區分；

(ii) 第一人稱複數代名詞分為包含式和排除式兩種，前者包括說話者和聽話者，後者只包括說話者，而排除了聽話者。

以下分述每一套人稱代名詞的用法。

(1) 附著式主格人稱代名詞

在採集含附著式主格人稱代名詞語料時，我們僅發現有第一人稱單數形；詢問含有其餘人稱之語料時，發音人均使用自由式中性格人稱代名詞。

如同許多其他台灣南島語言一樣，邵語附著式主格人稱代名詞的語法功能主要在於標示一個句子的文法主語，而不是語意主語，故其有時是標示一事件或狀態的主事者，如例(1a-c)：

1a. m-inawura-k_{主事者}

　　[主事焦點-忘記-我]

　　'我忘記了'

 b. haya 'azazak　cuhuw-ak_{主事者}

　　[那　小孩　　抱.主事焦點-我]

　　'我抱那小孩'

 c. 'izay ya　　　　tawn　fariw-ik_{主事者}

　　[那　連繫詞　房子　賣.主事焦點-我]

　　'那房子我賣了'

附著式主格人稱代名詞有時亦可標示一事件的受事者、或受惠者等非主事參與者，如例(2a-b)：

2a. itaLaᵂ-ak_{受事者}

[等.非主事焦點-我]

'等我！'

b. ara-iᵂ-ak_{受惠者}　　　'ihu'　Squrunan

[拿-非主事焦點-我　你　　枕頭]

'(你)替我拿個枕頭來！'

　　由上面例子，我們發現第一人稱單數附著式主格人稱
代名詞有 -k、-ak 和-ik 等三種形態，三者之選用是由其
出現之鄰近音所決定的：-k 附著在元音之後，-ak 和 -ik
則在輔音之後出現。不過何時選用 -ak，何時選用-ik，則
有待進一步的研究。

(2) 自由式中性格代名詞

　　第二套邵語代名詞為自由式中性格代名詞。如同其他
自由式代名詞一樣，自由式中性格代名詞不會因性別不同
而有所區別，但會隨著人稱、單複數、和包含或排除式等
而有不同形式。就語法位置而言，自由式中性格代名詞像
名詞一樣，可以出現在句首(如[3a-b])、句中(如[3c-e])、
或句尾(如[3f])：

3a. yaku'_{主事者} q-in-un-tut　　　　　　　tu　ikahi'

[我　　放屁-完成貌-主事焦點-　　剛才]

'我剛才放屁'

b. yaku'_{受事者}　　paLay-in　　　　suma

$\quad$ [我　　　　　打-非主事焦點　某人]

$\quad$ '某人打我'

c. q-in-un-tut　　　　　　　yaku'_{主事者}　tu　ikahi'

$\quad$ [放屁-完成貌-主事焦點-　我　　　　　　剛才]

$\quad$ '我剛才放屁'

d. 'ama　　a-paLay　　　　　　　yaku'_{受事者}　simaq

$\quad$ [爸爸　未來式-打.主事焦點　　我　　　　　明天]

$\quad$ '爸爸明天要打我'

e.'ama　m-yawan　　yaku'_{受惠者}　fariw　　　　pataSan

$\quad$ [爸爸　主事焦點-替　我　　　　　買.主事焦點　書]

$\quad$ '爸爸替我買書'

f. m-uSinaw　　　mihu'　wa　　kuyaS　yaku'_{主事者}

$\quad$ [主事焦點-喜歡 你的　連繫詞　歌　　　我]

$\quad$ '我喜歡你的歌'

至於自由式中性格代名詞的語意功能，由上面的例子可以
看出，中性格代名詞可以標示一事件的主事者(如例[3a,
3c, 3f])、受事者(如例[3b, 3d])、或受惠者(如例[3e])。

(3) 自由式屬格代名詞

$\quad$ 第三套邵語的代名詞為自由式屬格代名詞。如同自由
式中性格代名詞一樣，自由式屬格代名詞亦會隨著人稱、
單複數、和包含或排除式等而有不同形式，同時也不會因

性別不同而有所區別。就語意功能而言，屬格代名詞是用
以標示「所有」關係中之所有者。就語法位置而言，屬格
代名詞出現在表被擁有者之名詞前面，連同其間之連繫詞
<u>a</u>（或 <u>wa</u>、<u>ya</u>，決定選擇何種形式的因素，已於前一節中
討論過），三者形成一名詞組，如(3a-b)；這名詞組可當
句子的主語或賓語，如例(3c-d)：

3a. <u>nak</u> a　　　　'azazak
　　[我　連繫詞　小孩]
　　'我的孩子'

　b. <u>nak</u>　a　　　　　tawn
　　[我　　連繫詞　　　房子]
　　'我的房子'

　c. <u>mihu'</u> wa　　　　'azazak　sundaida' cicu' wa　　　　'ama
　　[你的　連繫詞　小孩　　　像　　　他的　連繫詞　　爸爸]
　　'你的小孩像他的爸爸'

　d. atu　q-m-irqir　　<u>mihu'</u>　wa　　　　hulus
　　[狗　咬-主事焦點- 你的　　連繫詞　衣服]
　　'狗咬你的衣服'

屬格代名詞也可單獨當作問句之答覆，如例(3e)：

3e.Q: manu'　'izay　ya　　　　fafuy
　　[誰的　那　　連繫詞　豬]
　　'那隻豬是誰的？'

A: <u>nak</u>

　　[我的]

　　'我的'

(4) 自由式受格代名詞

　　第四套邵語的代名詞為自由式受格代名詞。如同上述兩套自由式代名詞一樣,自由式受格代名詞亦會隨著人稱、單複數、和包含或排除式等而有不同的形式,同時也不會因性別不同而有所區別。就語意功能而言,受格代名詞是用以標示一事件中的非主事參與者(如受事者),語法上均出現在謂語之後,例子如下:

4a. 'izay　ya　　　　　'azazk　　paLay　　　　　<u>yakin</u>受事者

　　[那　　連繫詞　　小孩　　打.主事焦點　　我]

　　'那小孩打我'

　b. kilaS　　ma-buqnur　　　　<u>yakin</u>受事者

　　[kilaS　　主事焦點-恨　　　我]

　　'kilaS 恨我'

　c. 'ama　ma-apuqnu　　　<u>yakin</u>受事者　k-m-an　　　　tamaku'

　　[爸爸　主事焦點-禁止　我　　　　吃-主事焦點- 煙]

　　'爸爸禁止我抽煙'

　　不過,如本章第一節「詞序」所述,邵語已漸成為「主語—動詞—其他成份」的語言,是故代名詞形式的區

別已逐漸失去其重要性；因此例句(4a-c)中之受格代名詞
亦可由中性格代名詞所替代，而不改變其語意：

4a'.'izay ya   'azazk   paLay   yaku'_{受事者}

   [那   連繫詞   小孩   打.主事焦點 我]

   '那小孩打我'

 b'.kilaS   ma-buqnur   yaku'_{受事者}

   [kilaS   主事焦點-恨   我]

   'kilaS 恨我'

 c'.'ama   ma-apuqnu   yaku'_{受事者} k-m-an   tamaku'

   [爸爸   主事焦點-禁止 我   吃-主事焦點- 煙]

   '爸爸禁止我抽煙'

指示代名詞

接下來要探討的是邵語的指示代名詞。隨著距離遠近
和看得見與否，邵語的指示代名詞系統可呈現如下表：

表 4.3 邵語的指示代名詞系統

距　　離	看得見與否	指 示 代 名 詞	語 意
靠近說話者	看得見	'izahay; 'inay	這
稍離說話者	看得見	haya; 'izay	那
遠離說話者	看得見或看不見	huya	那

上表中的指示代名詞 'inay 和 'izay 指地方 '這邊'
和 '那邊'，但目前也可用為指示代名詞。

　　如同名詞一樣，指示代名詞本身並不能單獨顯示任何格位關係，要藉詞序以表徵其在句子中的文法關係。當出現在句首、謂語前時，指示代名詞可成為句中的文法主語，而不論其語意角色為主事者(如[5a])、或非主事者(如[5b])：

5a. 'izay_{主事者}　paLay　　　　yakin

　　[那　　　打.主事焦點　我]

　　'那(個人)打我'

　b. yaku'　paLay　　　　'izay_{受事者}

　　[我　　打.主事焦點　那]

　　'我打那(個人)'

　　邵語的指示代名詞大都與連繫詞 a/ya/wa 及另一名詞共同組成一名詞組。例子如下：

6a. **'izay ya**　　　'azazk　paLay　　　　yakin

　　[那　連繫詞　小孩　打.主事焦點　　我]

　　'那小孩打我'

　b. kan　　　　　**inay ya**　　　buna'

　　[吃.主事焦點　這　連繫詞　　地瓜]

　　'吃這裡的地瓜！'

　c. **haya**　　wa　　　'azazak　mi-La-LiLi'

　　[那　　連繫詞　小孩　　　主事焦點-重疊-站]

　　'那小孩站著'

d. **huya** wa Sput ruzis ma-qiri'

[那 連繫詞 漢人 嘴 主事焦點-歪]

'(較遠的)那個漢人的嘴歪了'

疑問代名詞

邵語中有三個疑問詞,可用以查詢有關事件中「人」或「物」之參與者,所以將其稱為疑問代名詞。邵語的三個疑問詞如下表所列:

表 4.4 邵語的疑問代名詞

疑問代名詞	語　　意
tima	誰
manu'	誰的
numa'	什麼

由上表漢譯所示,表「人」的疑問代名詞為 tima 和 manu',表「物」的為 numa'。例句如下:

7a. tima 'ihu'

[誰 你]

'你是誰?'

b. tima a-m-utuSi' i kariawan

[誰 未來式-主事焦點-去 處所格 埔里]

'誰將去埔里?'

c. <u>tima</u>　fariw　　　　　'izay　ya　　　tawn

[誰　買.主事焦點　　那　　連繫詞　房子]

'誰買了那房子？'

8a. <u>manu'</u>　'ihu'　　wa　　　'azazak

[誰的　你　　　連繫詞　小孩]

'你是誰的小孩？'

b. <u>manu'</u>　'izay　ya　　　tawn

[誰的　那　　連繫詞　房子]

'那是誰的房子？'

c. <u>manu'</u>　wa　　　atu　　h-m-urhur

[誰的　連繫詞　狗　　吠-主事焦點-　]

'誰的狗在吠？'

9a. <u>numa'</u>　'inay

[甚麼　這]

'這是甚麼？'

b. <u>numa'</u>　f-in-ariw　　　　　　'ihu'

[甚麼　買.主事焦點-完成貌-　你]

'你買了甚麼？'

c. <u>numa'</u>　a-m-yaqiLa'　　　cicu'

[甚麼　未來式-主事焦點-喝　他]

'他要喝甚麼？'

　　邵語尚有一些非代名詞的疑問詞，將於本章第九節「

疑問句結構」中探討。

四、焦點系統

　　大多數的台灣南島語言對一事件中說話者所特別強調的某個參與者，在語言結構上有其特殊的標示方法。語法上，這接受強調或為重心的參與者即為該句子結構中的文法主語，而在動詞上會有某些詞綴與之相呼應，即形成所謂的「焦點系統」。這文法主語所代表的參與者可能為該事件中的(1)主事者、(2)受事者、(3)處所、或(4)工具/受惠者等；而這四種焦點通常會隨著句子為肯定句或否定句、陳述句或祈使句，在動詞上會有不同的詞綴標示之。

　　邵語亦有焦點系統，然而在目前所採集到的語料中，只發現到標示主事焦點及受事焦點的詞綴，尚未看到標示處所焦點或工具/受惠者焦點的詞綴，這有待將來進一步探究之。下表為邵語之主事焦點標記和受事焦點標記：

表 4.5 邵語的焦點系統

焦　　點	陳　述　句		祈　使　句	
	肯 定 句	否 定 句	肯 定 句	否 定 句
主事焦點	m-;ma-;-m-;-um-;-un-[1];ø		ø	
受事焦點	-in; -in-;-an		-i	

〔註〕ø 標示該動詞沒有利用任何標記來標示該焦點

以下分別討論含主事焦點和受事焦點的各種結構。

主事焦點 (AF)

如表 4.5 所示，邵語的主事焦點標記有兩套，是隨著句子為陳述句或祈使句而不同，但不會因其為肯定句或否定句而異。以下分別舉例說明。

(1) 肯定陳述句

如表 4.5 所示，當焦點重心為主事者，且句子為肯定陳述句時，動詞上的焦點標記為 m-; ma-; -m-; -um-; -un-; ø。這些主事焦點標記均可附著在標示習慣性、正在進行或已發生之事件之動詞上。至於何時採用其中某一主事焦點標記，似是由個別動詞來決定之。

---

[1] 如第二章「音韻規則」第四條所述，-un- 乃詞綴 -um- 在齒尖音前之變體。由於是一個可以受鄰近音影響、可以預期的變體，本不須列出，表 4.5 仍列入，俾便讀者容易查閱。

以下為含有上述這些焦點標記的肯定陳述句（動詞中畫底線部份為焦點標記，句中斜體部份則為表該焦點重心的代名詞或名詞組）：

1a. *'azazak* <u>m</u>-iLungqu

　　 [小孩　　　主事焦點-坐]

　　 '小孩坐著'

　b. *huya　wa　　　　Sput* <u>ma</u>-cusu-wan

　　 [那　　連繫詞　　漢人　主事焦點-睡-還]

　　 '那個漢人還在睡'

　c. *'azazak*　k-<u>m</u>-an　　　　*buna'*

　　 [小孩　　　吃-主事焦點-　地瓜]

　　 '小孩吃地瓜'

　d. *yaku'*　q-<u>un</u>-riw　　*'apin*　*a*　　　　*ranaw*

　　 [我　　偷-主事焦點-　'apin　連繫詞　雞]

　　 '我偷 'apin 的雞'

　e. *'ama*　<u>ø</u>-fariw　　　　*pataSan*

　　 [爸爸　主事焦點-買　　書]

　　 '爸爸買書'

(2) 否定陳述句

　　 當焦點重心為主事者，而句子為否定陳述句時，動詞上的焦點標記同上。例子如下：

2a. *yaku'*　　'antu'　　<u>m</u>-in-rikaz　　　　　'apin

　　[我　　否定詞　　主事焦點-完成貌-看　　'apin]

　　'我沒看到 'apin'

　b. *yaku'*　　'antu'　　<u>ø</u>-p-in-afziq　　　　　rumfaz

　　[我　　否定詞　　主事焦點-射-完成貌-　鳥]

　　'我沒射到鳥'

　c. *'apin*　　'antu'　　　<u>m</u>-uripuS

　　['apin　否定詞　　主事焦點-打獵]

　　''apin 沒有打獵'

(3) 肯定祈使句

　　若句子為主事焦點肯定祈使句時，動詞上的焦點標記不同於陳述句，而為 ø。例子如下：

3a. iLungqu-<u>ø</u>-iza

　　[坐-主事焦點-助詞]

　　'坐罷！'

　b. kacus-<u>ø</u>-iza

　　[睡-主事焦點-助詞]

　　'睡罷！'

　c. kan-<u>ø</u>　　　　　buna'

　　[吃-主事焦點　地瓜]

　　'吃地瓜！'

d. ifaz-ø   hulus

[穿-主事焦點   衣服]

‘穿衣服！’

e. pafziq-ø   rumfaz

[射-主事焦點   鳥]

‘射鳥！’

(4) 否定祈使句

　　當句子爲主事焦點否定祈使句時，如同肯定祈使句一樣，動詞上的焦點標記亦爲 ø。例子如下：

4a. ’ata’   iLungqu-ø

[否定詞   坐-主事焦點]

‘別坐！’

b. ’ata’   kan-ø   buna’

[否定詞   吃-主事焦點   地瓜]

‘別吃地瓜！’

c. ’ata’   ifaz-ø   hulus

[否定詞   穿-主事焦點   衣服]

‘別穿(那)衣服！’

d. ’ata’   rikaz-ø   yakin

[否定詞   看-主事焦點   我]

‘別看我！’

e. ’ata’　　　pafziq-∅　　　　rumfaz

[否定詞　射-主事焦點　　鳥]

‘別射鳥！’

受事焦點 (PF)

　　如表 4.5 所示，受事焦點標記與主事焦點標記一樣各有兩套，但不同的是，主事焦點標記的兩套是陳述句一套、祈使句一套；而受事焦點標記之兩套是肯定陳述句的焦點標記屬一套，其餘句型中之焦點標記屬另一套。以下分述之。

(1) 肯定陳述句

　　當焦點重心為受事者，而句子為肯定陳述句時，動詞上的焦點標記為 -in、-in- 或 -an，其中 -in 或 -an 是用在標示習慣性、正在進行或已發生之事件（不過兩個詞綴之語意差異及何時選用其中之一，目前尚不清楚，有待進一步研究），而 -in- 則標示（過去）已發生之事件。例子如下：

5a. *nak*　　*a*　　　*buna’* kan-in　　　　*suma*

[我的　連繫詞 地瓜　吃-受事焦點　某人]

‘我的地瓜被人吃了’

　b. *nak*　　*a*　　　　*ranaw*　qriw-in　　　　*’apin*

[我的　連繫詞 雞　　　偷-受事焦點　’apin]

'我的雞被 'apin 偷了'

c. yaku' tamuhun-<u>an</u>　*mihu'　wa*　*tamuhun*

　[我　戴-受事焦點　你的　連繫詞　帽子]

　'你的帽子被我戴著'

d. *yaku'*　klup-<u>an</u>　　　pitaw

　[我　　關-受事焦點　門]

　'我被關在門外'

e. *yaku'*　q-<u>in</u>-irqir　　　　'atu'

　[我　　咬-受事焦點-　狗]

　'我被狗咬了'

　　當句子為否定陳述句、肯定祈使句或否定祈使句時，動詞上的受事者焦點標記均為 -<u>i</u>。例子分述如下：

(2) 否定陳述句

6a. *nak*　*a*　　　*buna'*　'antu'　kan-<u>i</u>　　　suma

　[我的　連繫詞　地瓜　否定詞　吃-受事焦點　某人]

　'我的地瓜沒有被吃'

b. *nak*　*a*　　　*ranaw*　'antu'　qriw-<u>i</u>　　　'apin

　[我的　連繫詞　雞　　否定詞　偷-受事焦點　'apin]

　'我的雞沒有被 'apin 偷'

(3) 肯定祈使句

7a. paru-<u>i</u>　　　　　*huya*　*Sput*
　　[打-受事焦點　　那　　人]
　　'打那個人！'

　b. tamuhun-<u>i</u>　　*mihu'*　*wa*　　　*tamuhun*
　　[戴-受事焦點　你的　　連繫詞　帽子]
　　'戴上你的帽子！'

　c. ifaz-<u>i</u>　　　　*hulus*
　　[穿-受事焦點　衣服]
　　'衣服穿上！'

（4）否定祈使句

8a. 'ata'　　　paru-<u>i</u>　　　*huya*　*Sput*
　　[否定詞　打-受事焦點　那　　人]
　　'別打那人！'

　b. 'ata'　　　tamuhun-<u>i</u>　*mihu'*　*wa*　　　*tamuhun*
　　[否定詞　戴-受事焦點　你的　連繫詞　帽子]
　　'別戴你的帽子！'

　c. 'ata'　　　ifaz-<u>i</u>　　　*'izay*　*hulus*
　　[否定詞　穿-受事焦點　那　　衣服]
　　'別穿那衣服！'

五、時貌（語氣）系統

　　語言中，用以標示一個事件發生的時間、與說話時間之相對關係的語法機制，稱爲該語言的時制系統，通常可分爲「過去式」（事件發生時間在說話時間之前）、「現在式」（事件發生時間與說話時間重疊）、「未來式」（事件發生時間在說話時間之後）等。另外，用以標示一事件發生的狀態或樣子之語法表徵，則稱爲該語言的動貌系統，通常可分爲「完成貌」、「起始貌」、「經驗貌」、「非完成貌」、「持續貌」、「進行貌」等。至於「語氣」系統，則是指語言中，用以標示說話者描述一事件時所持態度的語法機制，可分爲肯定、假設、祈求等。由於在研究台灣南島語言結構中，上述這三個系統似乎常無法完全釐清，故本書將此三系統合併討論，稱爲「時貌（語氣）系統」。

　　邵語的時貌（語氣）系統之呈現方法，通常是藉由動詞的詞綴（包括焦點標記）、或動詞的部份重疊兩種來標示之，可歸納成下表：

表 4.6 邵語的時貌(語氣)系統

焦點重心	焦點標記	實現		狀				非實現狀	
		進行貌/習慣性/完成貌(焦點標記)	例字	完成貌	例字	進行貌/習慣性(重疊輔音+元音a)	例字	未來式	例字
主事者	m- ma- -um- ø	m-ST ma-ST ST-um-ST ø-ST	mapa' 背 makan 吃 qunriw 偷 øpaLay 打	m-in-ST ma-in-ST ST-um-in-ST ø-in-ST	minapa' 背過	m-SC+a ma-SC+a ø-SC+a	micacung qu 坐 matataS寫	a-	amapa'背 amakan吃 aqunriw偷 apaLay打
受事者	-in -an -in-	ST-in ST-an ST-in-ST	qriwin 偷 tamuhunan 戴	ST-in-ST-in ST-in-ST-an ST-in-ST	pinaLayin 打 qinirqir咬				

[註] ST:詞幹　SC:重覆詞幹第一個子音

　　如上表所示，邵語利用動詞詞綴（包括焦點標記）及動詞的部份重疊以標示事件的時貌、語氣，可分成實現狀和非實現狀兩種，其中實現狀又可再分成標示習慣性的事件、正在進行的事件、及（過去）已發生的事件三類；而非實現狀主要乃指未來才會或不會發生的事件。以下分別討論之。

實現狀

　　誠如上述，邵語的實現狀分成標示習慣性的事件、正在進行的事件、及（過去）已發生的事件三類。通常一個僅含主事焦點標記 (m-/ma-/-um-/-un-/ø) 的動詞，隨著出

現的語境，可以標示一個過去已經發生的事件、習慣性的
事件、或正在發生的事件。例句如下：

1a. yaku' m-apa'   'azazak
    [我   主事焦點-背 小孩]
    (i) '我背(過)孩子'
    (ii) '我背著孩子'

 b. yaku' ma-kan   'afu'
    [我   主事焦點-吃   飯]
    (i) '我吃(過)飯'
    (ii) '我在吃飯'

 c. kilaS   q-un-riw   nak   a   ranaw
    [kilaS   偷-主事焦點- 我的   連繫詞   雞]
    'kilaS 偷我的雞'

 d. yaku'   ø-paLay   'apin
    [我   主事焦點-打   'apin]
    '我打 'apin'

　　同樣的，一個僅含受事焦點標記 (-in/-an) 的動詞，也
可以標示一個過去已經發生的事件、習慣性的事件、或正
在發生的事件。例句如下：

2a. nak   a   ranaw qriw-in   suma
    [我的   連繫詞   雞   偷-受事焦點 某人]
    '我的雞被偷了'

b. nak　　a　　　　buna'　　kan-<u>in</u>　　　suma

　　[我的　連繫詞　地瓜　　吃-受事焦點　某人]

　　'我的地瓜被吃了'

c. yaku'　paLay-<u>in</u>　　　'apin

　　[我　　打-受事焦點　'apin]

　　'我被 'apin 打了'

d. yaku' tamuhun-<u>an</u>　　mihu' wa　　　tamuhun

　　[我　　戴-受事焦點　　你的　連繫詞　帽子]

　　'你的帽子被我戴著了'

　　若動詞的詞綴為 -in-，而該動詞又有焦點標記，無論是主事焦點標記，如例(3a)，或為受事焦點標記，如例(3b)，此時的詞綴 -in- 應為完成貌標記，而該句子只能標示一個已發生的事件：

3a. yaku'　　<u>m-**in**-apa'-iza</u>　　　　　'azazak, 'ihu'-iza

　　[我　　主事焦點-完成貌-背-助詞　小孩　　你-助詞]

　　m-apa'

　　[主事焦點-背]

　　'我背過孩子了；換你背'

b. yaku' p-<u>**in**</u>-aLay-<u>in</u>　　　　suma

　　[我　　打-完成貌- -受事焦點　某人]

　　'我被某人打過'

　　若動詞的詞綴為 -in-，但無任何其他焦點詞綴一起出

現時，則 -in- 應解爲受事焦點標記及完成貌標記，而該句子仍只能標示一個已發生的事件，如例(3c-d)所示：

3c. yaku' p-in-aLay   'apin

　　[我　　打-受事焦點.完成貌-　　'apin]

　　'我被 'apin 打過'

　d. yaku' q-in-irqir   atu

　　[我　　咬-受事焦點.完成貌-　　狗]

　　'我被狗咬過'

　　　至於要標示習慣性或正在進行的事件，則可利用重疊詞幹的第一個輔音（如下面例句中的粗體部份）及元音 a 以標之：

4a. 'ama　　m-i-**ca**-**c**ungqu

　　[爸爸　　主事焦點-坐-進行貌-]

　　'爸爸坐著'

　b. haya 'azazak　　m-i-**La**-**L**iLi

　　[那　小孩　　　　主事焦點-站-進行貌-]

　　'那小孩站著'

非實現狀

　　　在邵語中，當要標示一個未來才會發生的事件時，則利用前綴 a-，例子如下：

5a. yaku' a-m-apa' 'azazak

[我 未來式-主事焦點-背 小孩]

'我要背孩子'

b. yaku' a-ma-kan 'afu'

[我 未來式-主事焦點-吃 飯]

'我要吃飯'

c. kilaS a-q-un-riw nak a ranaw

[kilaS 未來式-偷-主事焦點- 我的 連繫詞 雞]

'kilaS 要偷我的雞'

d. yaku' a-ø-paLay 'apin

[我 未來式-主事焦點-打 'apin]

'我要打 'apin'

六、存在句(所有句、方位句)結構

　　如同大多數的台灣南島語一樣,邵語也有存在句、方位句和所有句三種結構。存在句是用以表示某物、某人存在的句子;方位句是藉以介紹某物、某人在某處的句型;所有句則是標示一種擁有、領屬關係的句子。大多數台灣南島語言的存在句、方位句和所有句三種結構都非常相似,肯定句及否定句均分別由同一個動詞來引介之;但邵語的存在句、所有句和方位句三種結構並不完全相同。以下先探討

邵語的存在句和所有句結構。

存在句及所有句

邵語的存在句和所有句結構相同，肯定句和否定句分別由一動詞引導，出現在句首作爲謂語，例句分述如下。

(1) 肯定存在句

邵語的肯定存在句是由句首動詞'itiya' 引導，其後跟著一名詞，如下例所示：

1a. 'itiya' fari'
　　[存在　風]
　　'有風'

　b. 'itiya'　rarafir
　　[存在　扇子]
　　'有扇子'

　c. 'itiya' 'azazak isa　　nak　a　　yanan
　　[存在 小孩　處所格 我的 連繫詞 床]
　　'有孩子在我床上'

　d. 'itiya'　Sput　miku-kan　　　Sawiki'
　　[存在　人　喜歡.主事焦點-吃　檳榔]
　　'有人喜歡吃檳榔'

(2) 肯定所有句

　　邵語的肯定所有句結構，也是由'itiya' 所引導，然其文法主語則是由標示擁有者的名詞或屬格代名詞（注意非主格代名詞）、連續詞、和標示被擁有者的名詞等三者結合而成的名詞組表徵之。例句如下：

2a. <u>'itiya'</u>　{nak_{擁有者}　　a　　　　tuali'_{被擁有者}}_{主語}
　　 [存在　我的　　　連繫詞　錢]
　　 '我有錢'

 b. <u>'itiya'</u>　{mihu'_{擁有者}　wa　　　rarafir_{被擁有者}}_{主語}
　　 [存在　你的　　　連繫詞　扇子]
　　 '你有扇子'

 c. <u>'itiya'</u>　{kilaS_{擁有者}　a　　　　apu'_{被擁有者}}_{主語}
　　 [存在　kilaS　　　連繫詞　祖父]
　　 'kilaS 有祖父'

 d. <u>'itiya'</u> i　　　　　taypak {nak_{擁有者}　a　　　　tawn_{被擁有者}}_{主語}
　　 [存在　處所格　台北　我的　　　連繫詞　房子]
　　 '我有房子在台北'

（3）否定存在句

　　　至於邵語的否定存在句，則是由否定詞 <u>'uka'</u> 引導出現在句首，作為謂語。如下例所示：

3a. <u>'uka'</u>　fari'
　　 [沒有　風]

'沒有風'

b. 'uka' rarafir

[沒有 扇子]

'沒有扇子'

c. 'uka' 'azazak isa nak a yanan

[沒有 小孩 處所格 我的 連繫詞 床]

'沒有孩子在我床上'

d. 'uka' Sput miku-kan Sawiki'

[沒有 人 喜歡.主事焦點-吃 檳榔]

'沒有人喜歡吃檳榔'

(4) 否定所有句

　　如同否定存在句，否定所有句也是由否定詞 'uka' 所引導。又者，如同肯定所有句結構一樣，否定所有句中的文法主語也是由標示擁有者的名詞或屬格代名詞（但非主格代名詞）、連續詞、和標示被擁有者的名詞等三者組成的名詞組共同表徵之。例句如下：

4a. 'uka' nak a tuali'

[沒有 我的 連繫詞 錢]

'我沒有錢'

b. 'uka' mihu' wa rarafir

[沒有 你的 連繫詞 扇子]

'你沒有扇子'

c. 'uka'　　kilaS　　a　　　　apu'

　　[沒有　kilaS　連繫詞　祖父]

　　'kilaS 沒有祖父'

d. 'uka'　　i　　　　taypak　nak　a　　　　　tawn

　　[沒有 處所格 台北　我的　連繫詞　房子]

　　'我沒有房子在台北'

方位句

　　不同於上述肯定存在句和所有句結構，邵語的肯定方位句和否定方位句結構不同，以下分述之。

(1) 肯定方位句

　　邵語肯定方位句的句首，並沒有動詞引介、作為謂語；整個句子是由兩個名詞組組合而成，故為一「名詞句」（或稱「等同句」）。這兩個名詞組在句中的位置可以互換，亦即其句首可能是表地方的名詞組，如(5a-b)所示；也可能是表人或物的名詞組，其後才跟隨著表地方的名詞組，如(5c-d)所示。至於這位置的互換是否會造成任何語意上的差異，則有待進一步的探討。

5a. {i　　　　taypak}處所　{nak　　a　　　　tawn}

　　[處所格 台北　　　　我的　　連繫詞　房子]

　　'我家在台北'

b. {i   fafaw wa   kawi'}_{處所} {nak a   rumfaz}

[處所格 上面 連繫詞 樹   我的   連繫詞 鳥]

'我的鳥在樹上'

c. {nak a   'ama}   {i   tawn}_{處所}

[我的 連繫詞 爸爸   處所格   房子]

'我爸爸在家'

d. {'azazak} {isa   nak   a   yanan}_{處所}

[小孩   處所格 我的 連繫詞   床]

'小孩在我床上'

（2）否定方位句

　　不同於上述的肯定方位句結構，而較像存在句和所有句結構，邵語的否定方位句是由否定詞 'ani' 所引介，例句如下：

6a. 'ani'   {i   taypak}_{處所} {nak a   tawn}

[否定詞 處所格 台北   我的 連繫詞 房子]

'我家不在台北'

b. 'ani'   {i   fafaw wa   kawi'}_{處所}

[否定詞 處所格 上面   連繫詞   樹

{nak a   rumfaz}

[我的 連繫詞 鳥]

'我的鳥不在樹上'

c. 'ani'　　　{nak　a　　　　'ama}　{i　　　　tawn}_{處所}

[否定詞　我的　連繫詞　爸爸　處所格　房子]

'我爸爸不在家'

d. 'ani'　　　{'azazak}　{isa　　　nak　a　　　　yanan}_{處所}

[否定詞　小孩　　　處所格　我的　連繫詞　床]

'小孩不在我床上'

七、祈使句結構

祈使句結構是說話者對聽話者有所請求、指示或命令時所用的句型，通常聽話者「你、你們」不會被標示出來。邵語的祈使句結構隨著句子焦點重心的不同，動詞上的焦點標記亦隨之改變。這在本章第四節「焦點系統」中已討論過。以下僅再提供一些例子，以更詳實地呈現邵語肯定及否定祈使句結構。

肯定祈使句結構

1a. iLungqu-ø

[坐-主事焦點]

'坐！'

b. kan-ø　　　　　buna'

[吃-主事焦點　地瓜]

'吃地瓜！'

c. ifaz-ø　　　　　hulus
　　[穿-主事焦點　衣服]
　　'穿衣服！'

d. kupriz-ø　　　　kawL
　　[折斷-主事焦點　竹子]
　　'折斷竹子！'

2a. paru-i　　　　　huya　　wa　　　Sput
　　[打-受事焦點　　那　　連繫詞　人]
　　'打那個人！'

b. tamuhun-i　　　mihu'　　wa　　　　tamuhun
　　[戴-受事焦點　你的　　連繫詞　帽子]
　　'戴上你的帽子！'

c. ifaz-i　　　　　hulus
　　[穿-受事焦點　衣服]
　　'衣服穿上！'

d. kupriz-i　　　　kawL
　　[折斷-受事焦點　竹子]
　　'折斷竹子！'

否定祈使句結構

3a. 'ata'　　　　iLungqu-ø
　　[否定詞　坐-主事焦點]
　　'別坐！'

b. 'ata'　　　kan-ø　　　　　buna'
[否定詞　　吃-主事焦點　　地瓜]
'別吃地瓜！'

c. 'ata'　　　ifaz-ø　　　　　hulus
[否定詞　　穿-主事焦點　　衣服]
'別穿(那)衣服！'

d. 'ata'　　　kupriz-ø　　　　　kawL
[否定詞　　折斷-主事焦點　　　竹子]
'別折斷竹子！'

4a. 'ata'　　　paru-i　　　huya　　wa　　　Sput
[否定詞　　打-受事焦點　那　　連繫詞　人]
'別打那人！'

b. 'ata'　　　tamuhun-i　　mihu'　wa　　　tamuhun
[否定詞　　戴-受事焦點　你的　連繫詞　帽子]
'別戴你的帽子！'

c. 'ata'　　　ifaz-i　　　　'izay　ya　　　hulus
[否定詞　　穿-受事焦點　那　　連繫詞　衣服]
'別穿那衣服！'

d. 'ata'　　　kupriz-i　　　　　kawL
[否定詞　　折斷-受事焦點　　　竹子]
'別折斷(那)竹子！'

八、否定句結構

邵語的否定詞有四[2]：'antu'、'ani'、'uka'、'ata'，分述如下。

否定詞 'antu'

第一個否定詞 'antu'，在本章第四節「焦點系統」中已提及，是出現在陳述句中，用以標示某事件在過去尚未發生、或否定未來可能發生的事件。例子如下：

1a. 'antu'　　yaku'　　tu　　m-in-aniza
　　[否定詞　　我　　　　　　主事焦點-完成貌-釣魚]
　　'我從未釣過魚'

　b. 'antu'　　'ina　　wa　　cicu'　m-a-pa-pa'
　　[否定詞　　媽媽　連繫詞　他　　主事焦點-背-重疊-
　　'azazak
　　[小孩]
　　'他母親從未背孩子'

否定詞 'ani'

　　第二個否定詞為 'ani'，似可以與第一個否定詞
'antu' 互換，所以(1a-b)亦可以說成(1a'-b')：

1a'.'ani'　　　yaku'　tu　　m-in-aniza
　　[否定詞　我　　　　　主事焦點-完成貌-釣魚]
　　'我從未釣過魚'

　b'.'ani'　　　'ina　　wa　　　　cicu'　m-a-pa-pa'
　　[否定詞　　媽媽　連繫詞　　　他　　主事焦點-背-重疊-
　　'azazak
　　[小孩]
　　'他母親從未背孩子'

然而有時 'ani' 與 'antu' 似乎又不可以互換，如下面例子
所示：

2a. yaku'　　'antu'　　a-m-utuSi　　　　　kariawan
　　[我　　　否定詞　未來式-主事焦點-去　　埔里]
　　'我不要去埔里'

　a'.*yaku'　'ani'　　a-m-utuSi　　　　kariawan
　　[我　　　否定詞　未來式-主事焦點-去　埔里]

　b. kilaS　'antu'　　a-ma-kan　　　　cacusa
　　[我　　否定詞　未來式-主事焦點-吃　稀飯]
　　'我不要吃稀飯'

　b'.*kilaS　'ani'　　　a-ma-kan　　　　cacusa
　　[我　　　否定詞　　未來式-主事焦點-吃　稀飯]

到底 'ani' 與 'antu' 兩者之間有甚麼語意差異，目前尚不清楚，有待進一步的研究。

否定詞 'uka'

第三個否定詞 'uka'，已於本章第六節「存在句(所有句、方位句)結構」中討論過，是用在否定存在句及否定所有句中。例子如下：

3a. 'uka' fari'
　　[沒有　風]
　　'沒有風'

　b. 'uka' nak　a　　　　'azazak
　　[沒有　我的　連繫詞　小孩]
　　'我沒有孩子'

否定詞 'ata'

第四個否定詞 'ata'，如本章第四節「焦點系統」和第七節「祈使句結構」中所述，是用於否定祈使句中。例子如下：

4a. 'ata'　　　iLungqu-ø
　　[否定詞　　坐-主事焦點]
　　'別坐！'

　b. 'ata'　paru-i　　　huya wa　　　'azazak
　　[否定詞 打-受事焦點　那　連繫詞　小孩]

‘別打那小孩！’

九、疑問句結構

　　疑問句結構通常可分兩大類：不含疑問詞的「一般問句」和含疑問詞的「特殊問句」；前者又分「是非問句」和「選擇問句」，後者即通稱的「訊息問句」，相當於英文的 wh- 問句。由於語料蒐集期間，我們沒有採集到邵語的選擇問句，故以下僅討論「是非問句」和含有疑問詞的「訊息問句」兩種。

是非問句

　　邵語的是非問句與其對應的直述句結構相同，只是其語調在句尾稍微上揚。例句如下：

1a. mihu'　　wa　　　　but　　ma-duhray　　　cuini
　　[你的　　連繫詞　身體　主事焦點-舒服　　現在]
　　‘你現在好一點了嗎?’

 b. 'itiya' mihu' wa　　　　tuali'
　　[存在　你的　連繫詞　錢]
　　‘你有錢嗎?’

 c. mu-kaktun-iza　　　　　'ihu' m-ataS
　　[主事焦點-完成-助詞　你　　主事焦點-寫]

'你已經寫完了嗎？'

特殊問句

邵語的特殊問句可分含標示參與者的名詞（或代名詞）性疑問詞，和表方法、原因、時間、地點、選擇等非名詞（或代名詞）性疑問詞兩種。標示參與者的名詞（或代名詞）性疑問詞已於本章第三節「代名詞系統」中討論過，此處不再贅述。以下僅就其他疑問詞舉例討論之。

邵語非代名詞性之疑問詞含蓋了可以詢問「方法」、「原因」、「時間」、「地點」、「數量」等之疑問詞，如下表所示：

表 4.7 邵語非代名詞性的疑問詞

疑 問 詞	語 意
apyakuzan	如何(做)
minu'	爲 何
kayza'	何 時
intuwa'; aintuwa'	何 處
pizayza'	多少(歲)
zakuza'	多 少
ismakantuwa'	何 者

以下依據這些疑問詞可否作爲「謂語」或其他語法特質，分別列舉數例說明之。

（1）可作為謂語

上述表 4.7 中的疑問詞，並非每一個均可以單獨出現在謂語位置，其中有四個疑問詞可以；至於這些疑問詞是否可以出現在句中的其他位置，則有待進一步的語料蒐集以確認之。

以下先列舉含 apyakuzan '如何'、minu' '為何'、kayza' '何時' 等三個疑問詞的例子：

2a. apyakuzan   'ihu'   ya   m-utuSi   taypak
    [如何(做)   你   如果   主事焦點-去   台北]
    '你要如何去台北？'

 b. apyakuzan   'ihu'   'izay   ya   rusaw
    [如何(做)   你   這   連繫詞   魚]
    '你要如何煮這條魚？'

 c. m-inawura   yaku. apyakuzan
    [主事焦點-忘記   我   如何(做)]
    '我忘記了，怎麼辦？'

3a. minu'   'ihu'   f-in-ariw   'izay
    [為何   你   買.主事焦點-完成貌-   這
    ya   tawn
    [連繫詞   房子]
    '你為何買了這房子？'

 b. minu'   'ihu'   ma-fazak   nak   a
    [為何   你   主事焦點-知道   我的   連繫詞

kamiSan

[歲數]

'你爲何知道我的歲數？'

c. inkahiwan   macuaw   manaSa caw   'inay.

[很久以前   多   人   這裡

minu' cuini ladadw-iza   caw

[爲何   現在 少-助詞   人]

'很久以前這裡有很多邵族人；爲何現在只有這些了？'

4a. kayza' 'ihu' fariw   'izay ya   tawn

[何時 你 買.主事焦點 這   連繫詞 房子]

'你何時買了這房子？'

b. kayza' 'ihu' a-fariw   'izay ya   tawn

[何時 你   未來式-買.主事焦點 這   連繫詞 房子]

'你何時要買這房子？'

由上面的例子顯示，apyakuzan '如何'、minu' '爲何'、kayza' '何時' 等三個疑問詞，不會因爲句中所標示的事件是否已經發生、或未來才會發生，而改變其形式；反倒是句中的另一個動詞會附加上表「完成貌」的中綴 -in- （如例[3a]）、或表「未來式」的前綴 a- (如例[4b])。

不同於上述三個疑問詞的語法表現，表 '何處' 的疑問詞 intuwa'，當用在標示一個尚未實現的事件時，前綴 a- 會附加其上，出現在句首謂語位置，如(5c-d)所示：

5a. intuwa' mihu' wa   'ama

[何處   你的 連繫詞 爸爸]

‘你爸爸在哪裡？’

b.<u>intuwa’</u>　　’ihu’　　k-m-an
[何處　　　你　　　吃-主事焦點-　]
‘你在哪裡吃？’

c. **a-intuwa’**　　　’ihu’　　ma-kan
[未來式-何處　　你　　　主事焦點-吃]
‘你要在哪裡吃？’

d. **a-intuwa’**　　　’ihu’　　fariw　　　　pataSan
[未來式-何處　　你　　　買.主事焦點　書]
‘你要在哪裡買書？’

（2）不可單獨作爲謂語

　　最後要討論的三個疑問詞 pizayza’‘多少’、<u>zakuza’</u>‘
多少’、 <u>ismakantuwa’</u>‘哪一個’，似乎均不能單獨作爲謂
語；三者似乎都是出現在名詞組中，且是主從關係中「從
」的位置。以下先看含 <u>pizayza’</u>‘多少’ 的例句：

6a. {<u>pizayza’</u> wa　　　kamiSan}　’ihu’
[多少　　連繫詞　歲　　　　你]
‘你幾歲？’

b. {<u>pizayza’</u> wa　　　kamiSan} tuqatuqaS
[多少　　連繫詞　歲　　　老人]
‘老人幾歲？’

例(6a-b)很明顯地指出 <u>pizayza’</u> 會與連繫詞及另一名詞共
同組成一名詞組，出現在句首謂語的位置。至於另外兩個

疑問詞 zakuza' '多少' 和 ismakantuwa' '哪一個'，則似乎允許動詞或主語等之出現在該名詞組中，即該名詞組不一定要出現在一起，如例(7b-8)所示（粗體部份似屬同一名詞組）：

7a. {zakuza' a　　　　tuali'} 'ihu'　fariw　　　　　tawn
　　[多少　　連繫詞　錢　　你　　買.主事焦點　房子]
　　'你花多少錢買房子？'

　b. **zakuza'** m-unay　　　　　**Sput**
　　[多少　　主事焦點-來　人]
　　'多少人來？'

8. **ismakantuwa'** 'ihu' fariw　　　　　**tawn**
　　[哪一個　　　你　買.主事焦點　房子]
　　'你買了哪一個房子？'

　　由於含本節所討論的疑問詞之語料不夠多，所以暫時仍無法窺見邵語疑問句結構特色之全貌，亟待更進一步的研究。

十、複雜句結構

　　邵語的複雜句結構可分補語結構、關係子句、副詞子句和並列結構四大類來探討，以下分別討論之。

補語結構

補語結構可分連動結構、樞紐結構、認知結構和述說結構四種：

（1）連動結構

和大部份台灣南島語一樣，邵語也有連動結構。連動結構是指句子中含有兩個或兩個以上之動詞，而這些動詞所標示的事件之主事者為同一人，例子如下（畫底線者為第一個動詞；斜體者為第二[或第三]個動詞，粗體字者為表徵這些動詞之同一主事者的名詞或代名詞）：

1a. **yaku'**主事者　<u>m-utuSi</u>　　kariawan　*m-ara*

　　[我　　　　主事焦點-去　埔里　　　主事焦點-拿

　　sa　Lmir

　　[　藥]

　　'我去埔里拿藥'

b. **'ina**主事者　<u>fariw</u>　　　pataSan　*cay*　　　　yaku'

　　[媽媽　　　買.主事焦點　書　　　給.主事焦點　我]

　　'媽媽買書給我'

c. **'ama**主事者　<u>pasayin</u>　　kuLun　*m-aniza*

　　[爸爸　　　用.主事焦點　蝦　　　主事焦點-釣]

　　'爸爸用蝦釣魚'

d. **yaku'**主事者　<u>pangqa'</u>　　*k-m-an*　　　　tamaku'

　　[我　　　停止.主事焦點　吃-主事焦點-　煙]

'我停止抽煙'

e. **yaku'**_{主事者}　m-in-dahip　　　　'ina　*m-apa'*

[我　　　　主事焦點-完成貌-幫 媽媽　主事焦點-背

'azazak

[小孩]

'我幫過媽媽背小孩'

e'.***yaku'**_{主事者}　m-in-dahip　　　　　'ina

[我　　　　主事焦點-完成貌-幫　媽媽

m-in-apa'　　　　　　'azazak

[主事焦點-完成貌-背　　小孩]

　　由上面例子，我們發現連動結構有如下之特色：

(i) 每一個動詞均為含主事焦點標記之動詞，如例(1a-e)；

(ii) 除第一個動詞外，別的動詞均不可含時貌標記，比較 (1e)中的第二個動詞 mapa' 和不合語法的(1e')中之動詞 minapa'。

　　以上含連動結構的句子均標示著兩個事件，但相似的結構並不一定都能標示兩個事件；有些似乎只能標示一個事件，而兩個動詞中有一個動詞似乎只在修飾該惟一事件而已，如下面例子中畫底線部份之動詞：

2a. **kilaS**_{主事者}　m-abiskaw　　*m-udadan*

[kilaS　　主事焦點-快　主事焦點-走]

'kilaS 走得快'

b. **yaku'** 主事者　　<u>m-uSinaw</u>　　*k-m-an*　　　Sawiki

[我　　　　　主事焦點-喜歡　吃-主事焦點-　檳榔]

'我喜歡吃檳榔'

c. **yaku'** 主事者　<u>ma-fazak</u>　　*m-ataS*　　mihu'

[我　　　　　主事焦點-知道　主事焦點-寫　你的

wa　　　　Lanal

[連繫詞　　名字]

'我會寫你的名字'

d. **yamin** 主事者　　<u>m-aLaLindaz</u>　　*m-alaliya*

[我們　　　　　主事焦點-一起　主事焦點-跑]

'我們一起跑'

　　如同上列含連動結構的陳述句，含連動結構的命令句亦有上述各種結構特徵（即兩個動詞均為主事焦點），如下列例子所示：

3a. <u>utuSi</u>-wan　　　kariawan　*m-ara*　　sa　　Lmir

[去.主事焦點-請　埔里　　主事焦點-拿　　藥]

'請去埔里拿藥！'

b. <u>fariw</u>-wan　　　pataSan　*cay*　　　yaku'

[買.主事焦點-請　書　　給.主事焦點　我]

'請買書給我！'

c. <u>yabiskaw</u>   *m-undadan*

[快.主事焦點   主事焦點-走]

'走快點！'

    至於含否定詞之連動結構，其特徵均同上述情形。參考下面例子即可得知：

4a. **caycuy** _{主事者}   'antu'   <u>ma-kunanay</u>   *m-ara*

[他   否定詞   主事焦點-來   主事焦點-拿

sa   Lmir

[藥]

'他沒來拿藥'

b. 'ani'   **yaku'** _{主事者} <u>m-uSinaw</u>   *k-m-an*

[否定詞   我   主事焦點-喜歡   吃-主事焦點-

Sawiki

[檳榔]

'我不喜歡吃檳榔'

c. 'ata'   <u>fariw</u>   pataSan *cay*   yaku'

[否定詞 買.主事焦點 書   給.主事焦點 我]

'別買書給我！'

d. 'ata'   <u>yabiskaw</u>   *m-undadan*

[否定詞 快.主事焦點 主事焦點-走]

'別走那麼快！'

（2）樞紐結構

　　樞紐結構亦稱為兼語結構，此種結構如同連動結構一樣，也是一個句子中有兩個（或兩個以上）之動詞。但在此結構中，這兩個動詞所標示的事件各有其主事者，而第二個動詞所標示事件的主事者同時又是第一個事件的受事者。換言之，這個參與者同時扮演兩種角色，好像是這兩個事件的樞紐。這種結構在大部份台灣南島語言中都有，邵語也不例外。例子如下（畫底線者即為表樞紐之參與者，而粗體字者為第一個事件之主事者）：

5a. **'ama**　S-m-iruwa 　　　　<u>yaku'</u>樞紐　m-utuSi 　　　　taypak

　　[爸爸　允許-主事焦點-　我 　　　　主事焦點-去　台北]

　　'爸爸允許我去台北'

　b. **'ama**　'antu'　S-m-iruwa 　　　　<u>yaku'</u>樞紐　m-utuSi

　　[爸爸　否定詞　允許-主事焦點-　我 　　　主事焦點-去

　　taypak

　　[台北]

　　'爸爸不允許我去台北'

　c. **'ama**　m-apuqnu 　　　　<u>'azazak</u>樞紐　k-m-am 　　　　tamaku

　　[爸爸　主事焦點-禁止　孩子 　　　吃-主事焦點-　煙]

　　'爸爸禁止孩子抽煙'

　d. **yaku'**　S-m-iruwa 　　　　<u>'azazak</u>樞紐　m-utuSi 　　　taypak

　　[我　　允許-主事焦點-　孩子 　　　主事焦點-去　台北]

　　'我允許孩子去台北'

6a. **'ama** S-m-iruwa yakin_樞紐 m-utuSi taypak

[爸爸 允許-主事焦點- 我 主事焦點-去 台北]

'爸爸允許我去台北'

b. **'ama** 'antu' S-m-iruwa yakin_樞紐 m-utuSi

[爸爸 否定詞 允許-主事焦點- 我 主事焦點-去

taypak

[台北]

'爸爸不允許我去台北'

c. **'ama** m-apuqnu yakin_樞紐 k-m-am tamaku

[爸爸 主事焦點-禁止 我 吃-主事焦點-吃 煙]

'爸爸禁止我抽煙'

由例子(5-6)，我們可看出如同連動結構一樣，樞紐結構亦有如下之特色：

(i) 兩個動詞均有主事焦點標記；

(ii) 表第一個事件主事者的名詞或代名詞會出現在句首。

又者，比較例句(5a-b)和(6a-c)，我們發現表樞紐的參與者若為代名詞時，可以以中性格代名詞或受格代名詞標之（此處為 yaku' 和 yakin），語意不會改變。

在例(5-6)中，表樞紐參與者的名詞或代名詞均出現在兩個動詞間；不過，它們也可以出現在第二個動詞之後，如下面例子所示：

7a. 'ama　　S-m-iruwa　　　　m-utuSi　　　<u>yaku'/yakin</u>_{樞紐}

　　[爸爸　允許-主事焦點-　主事焦點-去　我

　　taypak

　　[台北]

　　'爸爸允許我去台北'

　b. 'ama　　'antu'　　　S-m-iruwa　　　m-utuSi

　　[爸爸　否定詞　　允許-主事焦點-　主事焦點-去

　　<u>yaku'/yakin</u>_{樞紐} taypak

　　[我　　　　　　台北]

　　'爸爸不允許我去台北'

　c. 'ama　m-apuqnu　　　　k-m-am　　　<u>yaku'/yakin</u>_{樞紐}

　　[爸爸　主事焦點-禁止　　吃-主事焦點-　我

　　tamaku

　　[煙]

　　'爸爸禁止我抽煙'

　d. yaku'　S-m-iruwa　　　m-utuSi　　　<u>'azazak</u>_{樞紐} taypak

　　[我　　允許-主事焦點-　主事焦點-去　孩子　　　　台北]

　　'我允許孩子去台北'

　　　上述的樞紐結構亦可出現在含有感官動詞，如 <u>mrikaz</u> '看' 的句子中，例如：

8a. yaku'　<u>m-rikaz</u>　　　　'ihun_{樞紐}　m-inpazaw

　　[我　　主事焦點-看　你　　　　主事焦點-跳舞]

'我在看你跳舞'

b. yaku' <u>m-in-rikaz</u> 'apin_{樞紐} m-inpazaw

[我　主事焦點-完成貌-看　'apin　主事焦點-跳舞]

'我看過 'apin 跳舞'

c. yaku' <u>a-m-rikaz</u> 'ihun_{樞紐} m-inpazaw

[我　未來式-主事焦點-看　你　主事焦點-跳舞]

'我要看你跳舞'

（3）認知結構

　　認知結構指的是結構中主要動詞為 mafazak '知道、想' 等認知動詞。此類句子中的補語結構是個完整的句子，下面例子括號中所示即為補語句子：

9a. yaku' m-afazak　　{'inay ya pataSan nak}

[我　主事焦點-知道　這　連繫詞　書　我的]

'我想這本書是我的'

b. yaku' m-afazak　　{'inay ya pataSan ti

[我　主事焦點-知道　這　連繫詞 書　主格

'ama}

[爸爸]

'我想這本書是爸爸的'

c. minu' 'ihu' m-afazak　　{nak　a　Lanaz

[為何 你　主事焦點-知道 我的　連繫詞　名字

zain   ’apin}

[’apin]

‘你為何知道我的名字是 ’apin？’

(4) 述說結構

　　最後，我們要探討的補語結構是含有述說動詞如 mzay ‘說’ 等之結構。這類結構和認知結構相彷，其補語結構均為完整的句子，是一種直接引語。下面例子括號中所示即為直接引語：

10a. yaku’ m-zay   ’apin {apapa’-wan   ’azazak}

　　[我   主事焦點-說 ’apin   背.主事焦點-請 小孩]

　　‘我交待 ’apin：“請背小孩！”’

　b. yaku’   m-in-zay   ’apin {apapa’-wan

　　[我   主事焦點-完成貌-說   ’apin 背.主事焦點-請

　　’azazak}

　　[小孩]

　　‘我交待過 ’apin：“請背小孩！”’

　c. yaku’   a-m-zay   ’apin {apapa’-wan

　　[我   未來式-主事焦點-說   ’apin 背.主事焦點-請

　　’azazak}

　　[小孩]

　　‘我要交待 ’apin：“請背小孩！”’

d. yaku' <u>m-in-zay</u>   ya   {damadama-iza}

[我   主事焦點-完成貌-說   安靜-助詞]

'我告訴他們："安靜！"'

關係子句

　　一般說來，關係子句可分限定性和非限定性兩種；前者的功能在於修飾另一子句中的某個名詞組（即所謂「中心語」），使聽話者較能辨識該中心語的指稱為何，後者則因其所修飾的中心語之指稱已極明顯，故只是提供聽話者額外訊息，而不是用來幫助聽話者辨識。根據筆者之調查及現有採集到的語料來看，邵語的關係子句並未由任何連繫詞所標示，同時也不分限定性關係子句和非限定性關係子句。一般而言，關係子句會出現在其所修飾之名詞中心語之後面，如下例所示（畫底線者為表中心語之名詞，大括號中之子句即為關係子句）：

11. yaku' myaran m-ang-qtu-qtu   <u>nak　a</u>

[我   常常   主事焦點-想-重疊-想   我的   連繫詞

<u>'azazak</u> {i   tuLi m-acupiS   pataSan}

[孩子   處所格 高雄 主事焦點-讀   書]

'我常想我在高雄讀書的孩子'

副詞子句

　　副詞子句通常是指一個子句附屬於另一個子句，兩者

因而構成了「主從」關係，而且常常會有個連接詞將這兩個子句連結起來。一般說來，副詞子句可因其所標示的語意關係分成原因子句、原因/結果子句、時間子句、條件子句、目的子句、讓步子句、對比子句等。然截至目前為止，我們僅採集到表示條件及結果之例子，呈現如下：

(1) 條件子句

12a. <u>ya</u>　　m-yaqiLa　　　　yaku' qayLa, iSkala-iza
　　　[如果　主事焦點-喝　　我　　酒　　醉-助詞]
　　　'我一喝酒，就醉了'

  b. apyakuzan　'ihu' <u>ya</u>　　m-utuSi　　　taypak
　　　[如何　　　你　　如果　主事焦點-去　台北]
　　　'如果你去台北，你要如何去？'

  c. arara　　　<u>ya</u>　　'itiya'　karicuy
　　　[拿.主事焦點　如果　存在　　蛋]
　　　'若有蛋，就拿來！'

(2) 原因/結果子句

12d. nak　a　　　but　ma-karman,　　　<u>numa</u>
　　　[我的　連繫詞　身體　主事焦點-不好
　　　'antu'　yaku' m-atuSi　　　kariawan
　　　[否定詞　我　　主事焦點-去　　埔里]
　　　'我身體不好，所以我不要去埔里'

　　　由上面三個例子所示，可知邵語中條件子句是由 ya

所引介，可出現在句首或句中，而原因／結果子句是由 <u>numa</u> 所引導。至於其他的副詞子句，有待日後進一步研究。

並列結構

邵語的並列結構在並列之兩子句間，並沒有任何連接詞或連繫詞，很像只是兩個子句並排在一起而已。而兩子句間所呈現的關係可能為時間先後、對比、原因/結果等，這可由情境決定之。以下為一些並列結構的例子：

(1) 時間先後

13a. qali   q-un-Laiyas,   a-ma-tupiLnaz
　　 [天空 閃電-主事焦點-閃電　　未來式-主事焦點-打雷]
　　 '天閃電後，馬上就要打雷'

　b. huya' tuqatuqaS   m-undadan,   munmamraw
　　 [那　　老人　　　　主事焦點-走　突然
　　 m-untunuq
　　 [主事焦點-跌倒]
　　 '那老人在走路，突然就跌倒了'

(2) 對比關係

13c. kilaS   'antu'   a-ma-kan   acacusa,
　　 [kilaS 否定詞　　未來式-主事焦點-吃　　稀飯

ma-kan　　　　'afu'

[主事焦點-吃　飯]

'kilaS　不要吃稀飯，要吃飯'

d. yaku' Sput, 'ihu' caw

[我　　漢人　你　　邵]

'我是漢人，你是邵族人'

e. tiLa　main　fuLalin,　　　　Luini mani fuLalin,

[昨天 也　　下雨.主事焦點　今天　也　　下雨.主事焦點

simaq　amuqLa　fuLalin

[明天　還　　　下雨.主事焦點]

'昨天也下雨，今天也下雨，明天還會下雨'

(3) 原因/結果

13f. nak　　a　　　　but　　ma-karman,　　　　'ina

[我的　連繫詞　身體　　主事焦點-不好　　媽媽

piaduhray　　　　nak　　a　　　　but

[使舒服.主事焦點 我的　連繫詞　身體]

'我身體不好，所以媽媽使我舒服些'

第5章

邵語的長篇語料

　　如筆者在本書第一章所述，由於研究邵語期間，未能蒐集到任何長篇語料，故本章將摘錄李方桂先生等人1958年所撰寫的＜邵語記略＞一文中的兩篇邵族傳說故事。不過，為了配合本書中所用的語音符號標記，我們作了些微修改[1]，同時也利用本書前幾個章節的模式，將句子和語彙結構作了分析，以供讀者參考。

一、從阿里山來的故事

---

[1] 我們將儘量依照李方桂等人 (1958: 137) 一文中的記音，然該文中認為邵語/b, d/ 兩個音是吸氣音 (implosives) 音，故記成 /'b, 'd/，為了避免與本書中所記的喉塞音混淆，上述兩音在本章中將省去 /'/，只記成/b, d/。又該文中提及邵語的元音有長短音之別，雖然我們的研究中並未發現，本章中仍將以 /:/ 標示之，俾作為日後進一步研究之依據。至於該兩則語料亦標示字重音，但本章中將省去不標。

　　第一則故事是關於一些人，爲了追捕鹿隻，從阿里山上帶著狗，來到土亭仔[2]，然後就在該地定居、子孫繁衍的故事。

1. m-in-aqatu:ci'　　　　　'arican　　qma:qu:tiL
   [主事焦點-完成貌-來自　阿里山　追趕.主事焦點
   qnu:wan
   [鹿]
   '(我們)從阿里山那裡，追趕著鹿隻來'

2. nu:ma ca　'a:tu'　m-untal　　　　mu-ri:buS
   [那麼　　　狗　　主事焦點-隨著　主事焦點-打獵]
   '(我們)跟隨著狗'

3. nu:ma minpi:za wa　　　qa:li'　puqa:fay
   [那麼　好幾　　連繫詞　天　　帶在籃裡.主事焦點
   ya:min　'a:fu'
   [我們的　飯]
   '好幾天，(我們)都把我們的飯帶在籃子裡'

4. Sawnanayza　　　　pu:zi'
   [來到.主事焦點　　土亭仔]
   '(我們)來到了土亭仔'

---

2 「土亭仔」的邵語發音爲 pu:zi'，聽起來很像「埔里」。不過，經向李壬癸教授請教後，得知土亭仔乃是日月潭附近的一座山，並非埔里。

5. nu:ma m-u:Sa   ca   qnu:wan
   [那麼 主事焦點-走   鹿]
   '鹿走了'

6. 'uka   ca   ru:za   mutantu'
   [否定詞   船   去.主事焦點]
   '(我們)沒有船去'

7. myazi:cuyza m-riqaz   ru:caw
   [於是   主事焦點-看見 魚]
   '於是(我們)看見魚'

8. mana:Sa   ca   ru:caw,   ma-dundun
   [許多.主事焦點   魚   主事焦點-乖]
   '很多魚，都很乖'

9. "ca:puk   'ita'!
   [捕魚.主事焦點   咱們]
   '咱們捕魚罷！'

10. ka:nu:-wan   'i:hu'!
    [吃.主事焦點-請   你]
    '(請)吃罷！'

11. ta:ta'   qta:zam!
    [一   試.主事焦點]
    '試一隻罷！'

12. mariq   'i:hu' tuqa-tuqaSi:za'
    [反正   你   重疊-老.主事焦點]

'反正你很老了'

13. 'apyaku:zan ya　　　'a-m-a:cay
　　[無論如何　連繫詞　未來式-主事焦點-死]
　　'無論如何也會死'

14. qaz-i:!　　　ma-qi:tang　qa:li'
　　[看-受事焦點　主事焦點-好　天]
　　'看啊！天氣多好'

15. k-in-ayza　　　'ita　p-in-tawn."
　　[-完成貌-這裡　咱們　使役-完成貌-房子]
　　'咱們就住這裡罷！'

16. q-m-ala:wa　　　ca　tawn, latu:Sa　ca　tawn
　　[建築-主事焦點-　房子　二　　　房子]
　　'(我們)建房子，兩棟房子'

17. maLi'aza:zak　　　Lungpi:yaq
　　[主事焦點-生孩子　雙生]
　　'(我們)生了雙胞胎'

18. muqza ta:ta　binaw'az　maLi'aza:zak　　　quta:Sin
　　[又　一　婦人　　主事焦點-生孩子　白髮]
　　'又有一個婦女，生了一個有白頭髮的孩子'

19. m-in-a:Sa',　　　　macuwawa:za
　　[主事焦點-完成貌-多　非常]
　　m-in-a:Sa　　　　　ca　caw
　　[主事焦點-完成貌-多　　人]

‘很多了，人變很多了’

20. ’itu:ci’ taringku:wan, ’itu:ci’ la:lu’, ma-na:Sa

[那裡 石印 那裡 珠仔山 主事焦點-多]

‘在石印那裡，在珠仔山那裡，人很多’

21. ’itu:ci’ pu:zi’ ma-na:Sa

[那裡 土亭仔 主事焦點-多]

‘在土亭仔那裡人很多’

22. nu:ma ya:min para:kaz ma-ra’in

[那麼 我們的 茄苳樹 主事焦點-大]

ku-paqi:t-an

[-用斧頭砍-受事焦點]

‘(有人)用斧頭砍我們的大茄苳樹’

23. nu:ma ma-’a:waki:za nu:ma ’antu

[那麼 主事焦點-相連 那麼 否定詞]

muntu:nuq

[倒.主事焦點]

‘(可是)樹的中心還相連著，(所以)沒有倒下來’

24. nu:ma tu ci:maq mutantu, muqza

[那麼 次日 去.主事焦點 又]

m-in-Su:qup

[主事焦點-完成貌-長好]

‘次日(他們)去(那裡)，(樹)又長好了’

25. minpi:za   wa   qa:li   m-yu:tu',   nu:ma
    [好幾   連繫詞   天   主事焦點-過   那麼

    yu:tu'   ma:-Luc,   nu:ma   ma-tya:Saq
    [去.主事焦點   主事焦點-睡   那麼   主事焦點-作夢

    pyazay
    [如此]

    '過了好幾天,他們去睡覺,作了如下的夢:'

26. "ya:ku   'a:ni   'a-muntu:nuq,   ya
    [我   否定詞   未來式-倒.主事焦點   如果

    'a-pa:qit
    [未來式-用斧砍.主事焦點]

    '如果用斧頭砍我(樹),我不會倒下來'

27. ya   'apyazayn LikLik-in,   'a-muntu:nuq
    [如果   如是   鋸-受事焦點   未來式-倒.主事焦點]

    '如果用鋸子鋸我(樹),我就會倒下來'

28. ya   tuqlu:w-an   ca   kaytatumtum, 'a:ni
    [如果   蓋起來-受事焦點   木桶   否定詞

    ya:ku   'a-tumpur."
    [我   未來式-長苗.主事焦點]

    '如果用木桶把我蓋起來,我就不會長苗了'

29. muntu:nuq
    [倒.主事焦點]

    '(樹)就倒了'

30. ma-quLaqu:La' ca:zum　myazay　ca　　ta:Lum

　　[主事焦點-紅　水　　　　像　　　　　血]

　　'紅紅的水像血一般'

31. nu:ma　　ca　　caw　　Sqarman

　　[那麼　　　　人　　　瘦弱.主事焦點]

　　'那麼人就變瘦弱了'

32. m-in-'uka'

　　[主事焦點-完成貌-沒有]

　　'(人)就變沒有了'

二、變鳥的故事

　　第二個故事是關於一個懶惰的小孩，不幫助他媽媽捻麻線，變成鳥的故事。

1. ci:cu　　wa　　　　'i:na　　cma:lam　　　kLiw

　　[他的　　連繫詞　媽媽　捻.主事焦點　麻線]

　　'他(小孩)的媽媽捻麻線'

2. 'aza:zak　　ma-pa:nu',　　'antu　　m-inda:hip

　　[小孩　　　主事焦點-懶　否定詞　主事焦點-幫助

　　cma:lam

　　[捻.主事焦點]

　　'小孩很懶，他們沒幫忙捻麻線'

3. 'i:na   ci:cu' m-inSi:raq
[媽媽   他   主事焦點-罵]
'媽媽就罵他'

4. cma:nit   ma-ca:lpu'
[哭.主事焦點   主事焦點-愁悶]
'(他)哭,愁悶'

5. mucuy   fa:faw   ta:fuq, ma:ra   qata:pay,
[去.主事焦點   上面   房頂 主事焦點-取 晒籬
punay   minpa:li'
[放在腋下.主事焦點   主事焦點-完成貌-翅膀
ta:la:h-an   qata:pay
[斬為二-受事焦點 晒籬]
'他去房頂上面,拿了被斬為兩半的晒籬,放在腋下當作翅膀'

6. m-arfaz   ma-kitna:faw
[主事焦點-飛 主事焦點-漸高]
'他飛得愈來愈高'

7. nu:ma   'i:na myazay nu:ma   ma-Saqa:daw
[那麼   媽媽 如此   那麼   主事焦點-仰頭
m-riqaz   'aza:zak
[主事焦點-看 小孩]
'他媽媽就這樣,仰頭看她孩子'

8. cma:nit   ’i:na
   [哭.主事焦點   媽媽]
   ‘他媽媽哭了’

9. nu:ma   ca   ’aza:zak pistubu’
   [那麼   小孩   撒尿.主事焦點]
   ‘那小孩就撒尿’

10. nu:ma   ’i:na   ma:-cay
    [那麼   媽媽   主事焦點-死]
    ‘他媽媽就死了’

第6章

邵語的基本詞彙

　　本章所提供的爲邵語常用的基本詞彙；以下按其漢譯之筆畫多寡排列之。

【國語】	【英語】	【邵語】
一劃		
一	one	taha; tata
一百	one hundred	Saba; tataSaba
二劃		
七	seven	pitu
九	nine	tanacu
二	two	tuSa
人	person	caw

【國語】	【英語】	【邵語】
八	eight	kaSpat
十	ten	makcin

三劃

三	three	turu
下面	below; beneath	pruq
上面	above; up	fafaw
大的	big	mara'in
大腿；全腳	(whole) leg	bantac
女人	woman	binanau'az
小的	small	lanqisusay
小孩	child	'azazak
小腿	calf	buntuc
山	mountain	hudun
山雞；雉	pheasant	acua

四劃

弓	bow	futuL
弓弦	bowstring	klyu
五	five	rima

【國語】	【英語】	【邵語】
六	six	katuru
		makaturuturu
天	sky	qali
太陽	sun	tiLaz
心	heart	Snaw
手	hand	rima
手肘	elbow	butrizin
月；月亮	month; moon	furaz
水	water	sazum
火	fire	apuy
父親	father (reference)	'ama
牙齒	tooth	nipin

五劃

兄；姊	older sibling	tantuqaS
去	go	muSa'
右邊	right	tanad**u**(tanaduu)
四	four	Spat
左邊	left	tana'ayLi
打	hit	qmaytunu

【國語】	【英語】	【邵語】
打呵欠	yawn	maSuaSuaw
打開	open	matana
打雷	thunder	mabarumbun
打嗝	belch	Lunfa'
		LuLuk 'hiccup'
打穀	thresh	cpiq
打獵	hunt	muribuS
母親	mother (reference)	'ina
甘蔗	sugarcane	tuf'uiS
生的	raw	matak; matiSlum
田	farm; field	buhat
甲狀腺腫	goiter	umpiqian
白天	day	maLiyas
白鰻	white eel	tuza
皮膚	skin	Sapa'
石	stone	fatu'

六劃

名字	name	Lanaz
吃	eat	kman; makan

【國語】	【英語】	【邵語】
地	earth	pruq
多少	how many	laquza'
尖的	sharp	malamlam
年	year	kawaS
死	die	macay
灰	ashes	qafu
灰	dust	bulbul
竹子	bamboo	kauL
竹筍	sprout; bamboo shoot	qati'
米	husked rice	zaSuq
羊	goat; sheep	SiSi'
耳朵	ear	Larina
肉	flesh	bunLaz
肋骨	ribs	faLan
血	blood	taLum
衣服	clothes	hulus

七劃

作夢	dream	matyaSya'
你	thou	'ihu'

【國語】	【英語】	【邵語】
你們	you (pl.)	maniyun
卵	egg	qariLw
吹	blow	myup
吸	suck	SimiuLuL
坐	sit	miLungqu'
屁	fart	qtut
尿	urine	tubu
弟；妹	younger sibling	SaSuwazi'
我	I	yaku'
我們	we (exclusive)	yamin
男人；丈夫	man; husband	ayuzi'
肝	liver	riSi
肚子	belly	tuluL
芋頭	taro	Lari
走路	walk	mundadan
那個	that	huya
乳房	breasts	tutu
來	come	makunanay

八劃

【國語】	【英語】	【邵語】
呼吸	breathe	maqSinaw
夜晚	night	tanLuwan
朋友	friend	huruy
枝	branch	pana'
松鼠	squirrel	taqitaqi'
河	river	wakrac
爸爸	father (address)	'ama
狗	dog	atu
知道	know	mafazak
肺	lung	fak
肥	fat; grease	macimaS
近的	close	iquaL
長矛	spear	Sinabunan
長的	long	makulyuiS
雨	rain	fuLalin

九劃

前面	front	itanamuqLa
厚的	thick	makuStur
咬	bite	qmirqir

【國語】	【英語】	【邵語】
咱們	we (inclusive)	'ita'
屎	excreta	caqi
屋子	house	tawn
屋頂	roof	tafuq
後面	back	itanariqus
挖	dig	piabrak; tmabrak
星星	star	kiLpul
洗(衣服)	wash (clothes)	fLuq
洗(盆子)	wash (dishes)	Sinaw
洗(澡)	wash (bathe)	milu
活(的)	live; alive	maqaStaS
看	see	marikaz
砂	sand	bunaz
穿山甲	ant-eater; pangolin	kacum
胃	stomach	buhanuq
苦的	bitter	macizaq
虹	rainbow	qariwazwaz
重的	heavy	mabric
風	wind	fari'
飛	fly	marfaz

【國語】	【英語】	【邵語】
飛鼠	flying squirrel	rawaz
香菇	mushroom	Lari
香蕉	banana	fizfiz

十劃

借	borrow	maSimul
哭	cry; weep	cmanit
害怕	fear	SankaS
家豬	domestic pig	fafuy
射(用槍)	shoot	pafziq
拿	take	mara
根	root	Lamic
烤	roast	SmikaLiu
站	stand	miLiLi'
笑	laugh	macacawa
草	grass	Smir
蚊子	mosquito	rikiS
酒	wine	qiLa'
針	needle	LaLum
骨	bone	puqu'

【國語】	【英語】	【邵語】

十一劃

乾的	dry	maqaLiw
乾淨的	clean	matilaw
做工	work	maLkaLilyu
偷	steal	qunriu'
唱	sing	makakuyas
殺死	kill	kamapacay
眼睛	eye	maca
蛇	snake	qLuran
蛆	maggot	dilkay
這個	this	haya
野豬	boar	waziS
陷阱	trap	dawLlaw
魚	fish	rusaw
鳥	bird	rumhwa'
鹿；水牛	deer; buffalo	qnuan

十二劃

喝(水)	drink (water)	Smin'an
喝(酒)	drink (wine)	miqiLa'

【國語】	【英語】	【邵語】
寒冷的	cold	maSimlaw
帽子	hat	tamuhun
游	swim	milu'; mrawz
湖	lake	wazaqan
煮	cook	maLacas
猴子	monkey	rucun
番刀；刀	sword	FunuS
短的	short	luyS
等候	wait	mitaLa'
筋	vein	ucac
給	give	Lay
荣	dishes	paniya'an
買	buy	fariw
跑	run	malaliyu
跌倒	fall	muntunuq
跛腳	lame; crippled	mapiqa'
雲	cloud	hurum
飯	cooked rice	'afu'

十三劃

【國語】	【英語】	【邵語】
黑鰻(鱔)	black eel	fraq
嗅	smell	Smazik
媽媽	mother(address)	'ina
新的	new	faqLu
暗的	dark	madumdum
痰	sputum	paSiuzu'
禁忌	taboo	palSiyan a lalawa'
腳	foot	kuskus
腳上	top of foot	biktiz
葉	leaf	fiLa
蜂蜜	honey	zarinis
跟隨	follow	muntal
路	road	saran
跳(一次);跳舞	jump; dance	minparaw
鉤	hook	paniza'
飽的	satiated	mabuqLiw

十四劃

嘔吐	vomit	mutaq
熊	bear	cumay

【國語】	【英語】	【邵語】
睡	sleep	maLus
蓆子	mat	Sidu'
蒼蠅	fly	ranaw
蜜蜂	bee	fuLiya'
語言；話	language	lalawa'
說	talk	mzait
輕的	light	manrankaw
遠的	far	ihaziS
餌	bait	Siaaiz
鼻子	nose	muzin
懶	lazy	malaylay

十五劃以上

嘴	mouth	ruzic
熟的	ripe	matbulaw
熱的	hot	mahnar
稻	rice	pazay
箭	arrow	LpaliSan
線	thread	sinay
罵	scold	minSiraq

【國語】	【英語】	【邵語】
膝蓋	knee	karuf
蔬菜	vegetables	SaNlaw
誰	who	tima
醉	drunk	iSkala'
樹木；木柴	tree; wood	kawi'
樹林	forest	tuqaS; ribuS
燒	burn	paSinara'; Sunara
螞蝗(大隻)	leech	biqras
螞蝗(小隻)	leech	bibi'
貓	cat	karuta'
頭	head	punuq
頭目	chief	dad'u
頭蝨	head louse	kucu
頭髮	hair	fukiS
龜	turtle	hara'
濕的	wet	matubu'
縫	sew	SmaqiS
膽	gall	karpul
臉	face	SaqiS
薄的	thin	mabazay

【國語】	【英語】	【邵語】
鴿子	pigeon	hwacu'
黏綢的	adhere	madunlak
擲；扔	throw	panak
檳榔	betel-nut	Sawiki
舊的	old	sasaz
藏	hide	kmuruz
蟲	worm	kukulay
離開	leave	mutuSi'
雞	chicken	ranaw
額	forehead	sulun
壞的	bad	maqitan
懶	lazy	malaylay
繩子	rope	kLiw
關上	close (AF)	qundup
霧	fog	harbuk
籐(有刺)	rattan	quway
聽	hear	tunmaza'
髒的	dirty	maprupruq

邵語的參考書目

李方桂、陳奇祿和唐美君

    1958   <邵語記略>《國立台灣大學考古人類學刊》7: 137-166。

李壬癸 (Li, Paul Jen-Kuei)

    1992   《台灣南島語言的語音符號系統》。台北：教育部教育研究委員會。

    1995   <台灣南島語言的分布和民族的遷移>,《第一屆台灣語言國際研討會論文選集》,頁 1-16。台北：文鶴出版有限公司。

    1996   《宜蘭縣南島民族與語言》。宜蘭：宜蘭縣政府。

    1997   《台灣南島民族的族群與遷徙》。台北：常民文化事業有限公司。

黃秀敏 (譯)、李壬癸 (編審)

    1993   《台灣南島語言研究論文日文中譯彙編》。台東：國立台灣史前博物館。

Blust, Robert (白樂思)

1995 Some problems in Thao phonology. *Newsletter of Pingpu Studies* 2:2-4.

1999 *Thao-English Dictionary.* Australia: Australian National University.

Chang, Mei-chih Laura (張美智)

1998 Thao reduplication. *Oceanic Linguistics* 37.2: 277-297.

Ferrell, Raleigh (費羅禮)

1969 *Taiwan Aboriginal Groups: Problems in Cultural and Linguistic Classification.* Institute of Ethnology, Academia Sinica, Monograph 17. Taipei: Academia Sinica.

Huang, Lillian M., et al. (黃美金等)

1998 A typological overview of nominal case marking systems of Formosan languages. In *Selected Papers from ISOLIT-II*, 23-49. Taipei: National Taiwan University.

1999a Interrogative constructions in some Formosan languages. In *Chinese Languages and Linguistics V: Interactions in Language*, 639-680. Taipei: Academia Sinica.

1999b A typological study of pronominal system of

Formosan languages. In *Essays from the Fifth International Conference on Chinese Languages.* Hsinchu: National Tsing Hua University.

Li, Paul Jen-Kuei (李壬癸)

1976 Thao phonology. *Bulletin of Institute of History and Philology* 47.2:219-244.

1978 The case-marking systems of the four less known Formosan languages. *Pacific Linguistics* C-61:569-615.

1983 Notes on Thao dialects. *Bulletin of the Department of Archaeology and Anthropology, National Taiwan University* 43: 48-50.

1985 The position of Atayal in the Austronesian family. In *Austronesian Linguistics at the 15th Pacific Science Congress* (= Pacific Linguistics C-88), ed. by Pawley and Carrington, 257-280. Canberra: The Australian National University.

Starosta, Stanley (帥德樂)

1995 A grammatical subgrouping of Formosan languages. In Li, Tsang and Tsand and Huang (eds.) *Papers for International Symposium on Austronesian Studies Relating to Taiwan (ISASRT)*, 21-55. Taipei: Academia Sinica.

1997　Formosan clause structure: transitivity, ergativity, and case marking. In Tseg Chiu-yu (ed.) *Chinese Languages and Linguistics, IV: Typological studies of Languages in China.* Symposium Series of the Institute of History and Philology, Academia Sinica, No. 2. Taipei: Academia Sinica.

Tsuchida, Shigeru (土田滋)

1976　Reconstruction of Proto-Tsouic phonology. *Study of Languages and Cultures of Asia and Africa,* Monograph Series No. 5, Tokyo.

Yeh, Marie M., et al. (葉美利等)

1998　A preliminary study on the negative constructions in some Formosan languages. *Proceedings of the Second International Symposium on Languages in Taiwan,* 79-110. Taipei: The Crane Publishing Co.

Zeitoun, Elizabeth, et al. (齊莉莎等)

1996　The temporal/aspectual and modal systems of the Formosan languages: a typological perspective. *Oceanic Linguistics* 35: 21-56.

1999　Existential, possessive, and locative

constructions in Formosan languages. *Oceanic Linguistics* 38: 1-42.

【附件】

台灣南島語碩博士論文書目

　　以下介紹至 1999 年止，國內外有關台灣南島語言研究的碩、博士論文書目，希望能提供給台灣原住民及關心原住民語言保存、發展之學者專家們作參考。

一、博士論文

(一) 英文撰寫

Asai, Erin (淺井惠倫)

　　1936　*A Study of the Yami Language: An Indonesian Language Spoken on Botel Tobago Island.*《蘭

嶼雅美語研究》 Leiden: University of Leiden Ph.D. dissertation.

Chang, Yung-li (張永利)

1997 *Voice, Case and Agreement in Seedeq and Kavalan.* 《賽德克語和噶瑪蘭語的語態、格位與呼應》 Hsinchu: National Tsing Hua University Ph.D. dissertation.

Chen, Teresa M. (陳蓉)

1987 *Verbal Constructions and Verbal Classification in Nataoran-Amis.* 《阿美語的動詞結構與分類》 (=*Pacific Linguistics C-85*) Canberra: Research School of Pacific Studies, the Australian National University. (University of Hawaii Ph.D. dissertation)

Holmer, Arthur J.

1996 *A Parametric Grammar of Seediq.*《賽德克語參數語法》 Sweden: Lund University Press. (Travaux de l'Institut de linguistique de Lund Ph.D. dissertation)

Hsu, Hui-chuan (許慧娟)

1994 *Constraint-based Phonology and Morphology: A Survey of Languages in China.*《制約音韻與構

詞：中國語言概觀》 San Diego: University of California at San Diego Ph.D. dissertation.

Li, Paul Jen-kuei (李壬癸)

1973 *Rukai Structure.*《魯凱語結構》(= *Institute of History & Philology, Special Publication, No. 64*). Taipei: Academia Sinica. (University of Hawaii at Manoa Ph.D. dissertation)

Jeng, Heng-hsiung (鄭恆雄)

1977 *Topic and Focus in Bunun.*《布農語的主題、主語與動詞》(= *Institute of History & Philology, Special Publication, No. 72*) Taipei: Academia Sinica. (University of Hawaii at Manoa Ph.D. dissertation)

Marsh, Mikell Alan (馬兒史)

1977 *The Favorlang-Pazeh-Saisiat Subgroup of Formosan Languages.*《費佛朗、巴則海、賽夏語群》Washington State University Ph. D dissertation.

Rau, Der-hwa Victoria (何德華)

1992 *A Grammar of Atayal.*《泰雅語法》Taipei: The Crane Publishing Co. (Cornell University Ph.D. dissertation)

Shelley, George L. (謝磊翹)

1978 *Vudai Dukai: The Languages, Its Context, and Its Relationships.*《魯凱霧台的語言、情境及其關係》The Hartford Seminary Foundation Ph.D. dissertation.

Tsuchida, Shigeru (土田滋)

1976 *Reconstruction of Proto-Tsouic Phonology.*《鄒語群的古音韻擬測》(= *Study of Languages and Cultures of Asia and Africa, Monograph Series No. 5*). Tokyo: Tokyo Gaikokugo Daigaku. (Yale University Ph.D. dissertation)

Tu, Wen-chiu (杜玫萩)

1994 *A Synchronic Classification of Rukai Dialects in Taiwan: A Quantitative Study of Mutual Intelligibility.*《台灣魯凱方言的分類：語言互通的量化研究》Illinois: University of Illinois at Urbana-Champaign Ph.D. dissertation.

Wright, Richard Albert

1996 *Consonant Clusters and Cue Preservation in Tsou.*《鄒語輔音群和線索保存》Los Angeles: UCLA Ph.D. dissertation.

Zeitoun, Elizabeth (齊莉莎)

1995 *Issues on Formosan Linguistics.*《台灣南島語言學議題》Paris, France: Universite Denis Diderot Ph. D. dissertation (Paris 7).

(二) 德文撰寫

Egli, Hans (艾格里)

1990 *Paiwangrammatik.*《排灣語法》 Wiesbaden, Germany.

Szakos, Jozsef (蔡恪恕)

1994 *Die Sprache der Cou: Untersuchungen zur Synchronie einer austronesischen Sprache auf Taiwan.*《鄒語共時語法研究》 Bonn: University of Bonn. Ph.D. dissertation.

二、碩士論文

(一) 中文撰寫

張仲良 (Chang, Chung-liang)

1996 《賽德克語疑問詞的研究》(*A Study of Seediq Wh-words*)。新竹：清華大學碩士論文。

陳傑惠 (Chen, Jie-hui)

1996 《賽德克語中原地區方言否定詞初探》(*A Preliminary Study on Negation in Seediq*)。新竹：清華大學碩士論文。

顏志光 (Yan, Zhi-kuang)

1992 《阿美語的語法結構——參與者與事件的研究》(*Syntactic Structure of Amis: A Study of Participants and Events*)。台北：政治大學碩士論文。

楊秀芳 (Yang, Hsiu-fang)

1976 《賽德語霧社方言的音韻結構》(*The Phonological Structure of the Paran Dialect of Sedeq*)，(＝《中央研究院歷史語言研究所集刊》47.4: 611-706)(台灣大學碩士論文)。

(二) 日文撰寫

Hirano, Takanori (平野尊識)

1972 *A Study of Atayal Phonology.*《泰雅音韻》 Japan: Kyushu University MA thesis.

Tsukida, Naomi (月田尚美)

1993 《阿美語馬太安方言的動詞詞綴》。

Nojima, Mokoyasu (野島本泰)

1994 《布農語南部方言的動詞結構》。

(三) 英文撰寫

Chang, Hsiou-chuan A. (張秀絹)

1992 *Causative Constructions in Paiwan.*《排灣語使動結構研究》Hsinchu: National Tsing Hua University MA thesis.

Chang, Melody Ya-yin (張雅音)

1998 *Wh-constructions and the Problem of Wh-movement in Tsou.*《鄒語疑問詞結構與疑問詞移位現象之探討》Hsinchu: Tsing Hua University MA thesis.

Chen, Cheng-fu (陳承甫)

1999 *Wh-words as Interrogatives and Indefinites in Rukai.*《魯凱語疑問詞用法》Taipei: National Taiwan University MA thesis.

Chen, Hui-ping (陳慧萍)

1997 *A Sociolinguistic Study of Second Language Proficiency, Language Use, and Language Attitude among the Yami in Lanyu.*《台東縣蘭嶼鄉雅美族第二語言能力、語言使用型態及語言態度之調查》Taichung: Providence University MA thesis.

Ho, Arlene Yue-ling (何月玲)

1990 *Yami Structure: A Descriptive Study of the Yami Language.*《雅美語結構》Hsinchu: National Tsing Hua University MA thesis.

Huang Ya-jiun (黃亞君)

1988 *Amis Verb Classification.*《阿美語動詞分類》Taipei: Fu Jen Catholic University MA thesis.

Kuo, John Ching-hua (郭青華)

1979 *Rukai Complementation.*《霧台話的補語結構》Taipei: Fu Jen Catholic University MA thesis.

Lambert, Mae Wendy

1999 *Epenthesis, Metathesis and Vowel-Glide Alternation: Prosodic Reflexes in Mabalay Atayal.*《增音、音段移位、及元音和半元音轉換：泰雅語的節律反映》Hsinchu: National Tsing Hua University MA thesis.

Lee, Pei-rong (李佩容)

1996 *The Case-marking and Focus System in Kavalan.*《噶瑪蘭語的格位與焦點系統》Hsinchu: National Tsing Hua University MA thesis.

Lin, Ching-jung (林青蓉)

1992 *The Paiwan Imperative.*《排灣語祈使句結構》Hsinchu: Tsing Hua University MA thesis.

Lin, Hsiu-hsu (林修旭)

1996 *Isbukun Phonology: A Study of Its Segments, Syllable Structure and Phonological Processes.* 《布農語東埔方言音韻研究》 Hsinchu: Tsing Hua University MA thesis.

Lin, Ju-en (林主恩)

1996 *Tense and Aspect in Kavalan.* 《噶瑪蘭語的時貌系統》 Hsinchu: Tsing Hua University MA thesis.

Liu, Dorinda Tsai-hsiu (劉彩秀)

1999 *Cleft Constructions in Amis.* 《阿美語分裂結構》 Taipei: National Taiwan University MA thesis.

Shih, Louise (施玉勉)

1996 *Yami Word Structure.* 《雅美語構詞》 Taichung: Providence University MA thesis.

Sung, Margaret Mian Yan (嚴綿)

1969 *Word Structure of the Kanakanavu Language.* 《卡那卡那富語詞結構》 Cornell University MA thesis.

Tan, Cindy Ro-lan (譚若蘭)

1997 *A Study of Puyuma Simple Sentences.* 《卑南語簡單句探究》 Taipei: National Taiwan Normal University MA thesis.

Teng, Stacy Fang-ching (鄧芳青)

    1997　*Complex Sentences in Puyuma.*《卑南語複雜句結構》Taipei: National Taiwan Normal University MA thesis.

Tseng, Chiou-yuh (曾秋玉)

    1987　*Atayal Verb Classification.*《泰雅語動詞分類》Taipei: Fu Jen Catholic University MA thesis.

Wang, Samuel H. (王旭)

    1976　*The Syllable Structures of Fataan Amis.*《阿美語馬太安方言的音節結構》Taipei: National Taiwan Normal University MA thesis.

Wu, Joy Jing-lan (吳靜蘭)

    1994　*Complex Sentences in Amis.*《阿美語複雜句結構探究》Taipei: National Taiwan Normal University MA thesis.

Yeh, Meili (葉美利)

    1991　*Saisiyat Structure.*《賽夏語結構》Hsinchu: National Tsing Hua University MA thesis.

Zeitoun, Elizabeth (齊莉莎)

    1992　*A Syntactic and Semantic Study of Tsou Focus System.*《鄒語焦點與格位標記研究：語法與語

意》 Hsinchu: National Tsing Hua University MA
thesis.

專有名詞解釋

三劃

小舌音 (Uvular)

　發音時，舌背接觸或接近軟顎後的小舌所發的音。

工具焦點 (Instrument focus)

　焦點之一種，句中的文法主語為事件的工具參與者，在
　台灣南島語中，通常以 s- 或 is- 標示，常與「受惠者
　焦點」的標記同；參「焦點系統」。

四劃

互相 (Reciprocal)

　用以指涉表相互關係的詞，如「彼此」。

元音 (Vowel)

　發音時，聲道沒有受阻，氣流可以順暢流出的音，並且
　可以單獨構成一個音節。

分布 (Distribution)

　一個語言成份出現的環境。

反身 (Reflexive)

　複指句子中其他成份的詞，例如「他認為自己最好」一

句中的「自己」。

反映 (Reflex)

直接由較早的語源發展出來的形式。

五劃

引述動詞 (Quotative verb)

用以表達引述的動詞，後面常接著引文，例如「他說
『…』」中的動詞「說」。

主事者 (Agent)

在一事件中，扮演執行該事件之語意角色。

主事焦點 (Agent focus)

焦點之一種，句中的文法主語為事件的主事者或經驗者
等；在台灣南島語中，通常以 m- 或 -um- 標示；參
「焦點系統」。

主動 (Active voice)

動詞的語態之一，選擇動作者或經驗者為主語，與之相
對的為「被動語態」。

主題 (Topic)

指一個句子所討論的對象。在台灣南島語言中，主題通
常出現在句首，且會有主題標記。

代名詞系統 (Pronominal system)

用以替代名詞片語的詞。可區分為人稱代名詞，如「我、
你、他」；指示代名詞，如「這、那」；或疑問代名詞，

如「誰、什麼」等。

包含式代名詞 (Inclusive pronoun)

第一人稱複數代名詞的形式之一，其指涉包含說話者和聽話者，如國語的「咱們」。

可分離的領屬關係 (Alienable possession)

領屬關係的一種，被領屬的項目與領屬者的關係為暫時性的，非與生俱有的，如「我的筆」中的「筆」和「我」；與之相對的為「不可分離的領屬關係」（inalienable possession）。

可指示的 (Referential)

具有指涉實體之功能的。

目的子句 (Clause of purpose)

表目的的子句，如「為了…」。

六劃

同化 (Assimilation)

一個音受到其鄰近音的影響，而變成與該鄰近音相同或相似的音。

同源詞 (Cognate)

不同語言間，語音相似、語意相近，歷史上屬同一語源的詞彙。

回聲元音 (Echo vowel)

重複鄰近音節的元音，而把原來的音節結構 CVC 變成

CVCV。

存在句結構 (Existential construction)

表示某物存在的句子。

曲折 (Inflection)

區分同一詞彙不同語法範疇的型態變化。如英語的 have 與 has。

有生的 (Animate)

名詞的屬性之一，用以涵蓋指人及動物的名詞。

自由式代名詞 (Free pronoun)

可獨立出現的代名詞，其在句中的分布通常與名詞(組) 相似；與之相對的爲「附著式代名詞」。

舌根音 (Velar)

舌根接觸或接近軟顎所發出來的音。

七劃

刪略 (Deletion)

在某個層次原先存在的成份，經由某些程序或變化而消 失。例如，許多語言的輕音節元音在加上詞綴後，會因 音節重整而被刪略。

助詞 (Particle)

具有語法功能，卻無法歸到某一特定詞類的詞。如國語 的「嗎」、「呢」等。

含疑問詞的疑問句 (Wh-question)

問句之一種，以「什麼」、「誰」、「何時」等疑問詞詢問
的問句。

完成貌 (Perfective)

「貌」的一種，指事件發生的時間被視為一個整體，無
法予以切分；與之相對的為「非完成貌」(Imperfective)。

八劃

並列 (Coordination)

指在句法上地位相等的兩個句子成份，如「青菜和水果
都很營養」中的「青菜」與「水果」。

使役 (Causative)

某人或某物造成某一事件之發生，可以透過特殊結構、
動詞或詞綴來表達。

受事者 (Patient)

在一事件中，受到動作影響的語意角色。

受事焦點 (Patient focus)

焦點之一種，句中的文法主語為事件的受事者；在台灣
南島語中，通常以 -n 或 -un 標示；參「焦點系統」。

受惠者焦點 (Benefactive focus)

焦點之一種，句中的文法主語為事件的受惠者，在台灣
南島語中，通常以 s- 或 is- 標示，常與「工具焦點」
的標記同；參「焦點系統」。

呼應 (Agreement)

指存在於一特定結構兩成份間的相容性關係,通常藉由詞形變化來表達。如英語主語為第三人稱單數時,動詞現在式須加 -s,以與主語的人稱及單複數呼應。

性別 (Gender)

名詞的類別特性之一,因其指涉的性別區分為陰性、陽性與中性。

所有格 (Possessive)

標示領屬關係的格位,與屬格(Genitive)比較,所有格僅標示領屬關係,而屬格除了標示領屬關係外,尚可用以標示名詞的主從關係。

附著式代名詞 (Bound pronoun)

無法獨立出現,必須附加於另一成份的代名詞;與之相對的為「自由式代名詞」。

非完成貌 (Imperfective)

「貌」的一種,動作或事件被視為延續一段時間,持續或間續發生;與之相對的為「完成貌」。

九劃

前綴 (Prefix)

指加在詞前的詞綴,如英語 unclear 中表否定的 un-。

南島語系 (Austronesian languages)

指分布在太平洋和印度洋島嶼中,北起台灣,南至紐西蘭,西至馬達加斯加,東至南美洲以西之復活島的語言,

約有一千二百多種語言。

後綴 (Suffix)

附加在一詞幹後的詞綴，如英語的 -ment。

指示代名詞 (Demonstrative pronoun)

標示某一指涉與說話者等人遠近關係的代名詞，如「這」表靠近，「那」表遠離；參「代名詞系統」。

是非問句 (Yes-no question)

問句之一種，利用「是」或「不是」來作回答。

衍生 (Derivation)

構詞的方式之一，指詞經由加綴產生另一個詞，如英語的 work 加 -er 變成 worker。

重音 (Stress)

一個詞中，念的最強的音節。

音節 (Syllable)

發音的單位，通常包含一個母音，可加上其他輔音。

十劃

原因子句 (Causal clause)

用以表示原因的子句，如「我不能來，因為明天有事」一句中的「因為明天有事」。

原始語 (Proto-language)

具有親屬關係的語族之源頭語言。為一假設、而非真實存在之語言。

時制 (Tense)

標示事件真正發生的時間、與說話時間兩者間之相對關係的語法機制，可分為「過去式」(事件發生時間在說話時間之前)、「現在式」(事件發生時間與說話時間重疊)、「未來式」(事件發生時間在說話時間之後)。

時間子句 (Temporal clause)

用來表示時間關係的子句，如「當...時」。

格位標記 (Case marker)

標示名詞(組)語意角色或語法功能的符號。

送氣 (Aspirated)

某些塞音發音時的一種特色，氣流很強，如國語的/ㄆ/(p^h)音即具有送氣的特色。

十一劃

副詞子句 (Adverbial clause)

扮演副詞功能的子句，如「我看到他時，會轉告他」一句中的「我看到他時」。

動詞句 (Verbal sentence)

以動詞作為謂語的句子，與之相對的為「名詞句」或「等同句」。

動態動詞 (Action verb)

表示動作的動詞，與之相對的為靜態動詞。

參與者 (Participant)

　　指涉及或參與一事件中的個體。

專有名詞 (Proper noun)

　　用以指涉專有的人、地等的名詞。

捲舌音 (Retroflex)

　　舌尖翻抵硬顎前部或齒齦後的部位而發的音。如國語的
　　/ㄓ、ㄔ、ㄕ/。

排除式代名詞 (Exclusive pronoun)

　　第一人稱複數代名詞的形式之一，其指涉不包含聽話
　　者；參「包含式代名詞」。

斜格 (Oblique)

　　用以涵蓋所有無標的格或非主格的格，相對於主格或賓
　　格。

條件子句 (Conditional clause)

　　表條件，如「假如…」的子句。

清化 (Devoicing)

　　指濁音因故而發成清音的過程。如布農語的某些輔音在
　　字尾會清化，比較 huud [huut]「喝 (主事焦點)」與
　　hudan「喝 (處所焦點)」。

清音 (Voiceless)

　　發音時聲帶不振動的輔音。

被動 (Passive)

　　語態之一，相對於主動，以受事者或終點為主語。

連動結構 (Serial verb construction)

複雜句的一種，含兩個或兩個以上的動詞，無需連詞而並連在一起。

陳述句 (Declarative construction)

用以表達陳述的句子類型，相對於祈使與疑問句。

十二劃

喉塞音 (Glottal stop)

指聲門封閉然後突然放開而發出的音。

換位 (Metathesis)

兩個語音次序互調之程。比較布農語的 ma-tua 「關 (主事焦點)」與 tau-un「關 (受事焦點)」。

焦點系統 (Focus system)

在南島語研究上，指一套附加於動詞上，用以標示句中主語語意角色的詞綴。通常有「主事焦點」、「受事焦點」、「處所焦點」、「工具/受惠者焦點」等四組之分。

等同句 (Equational sentence)

句子型態之一，又稱「名詞句」，其謂語與主語的指涉相同，如「他是張三」一句中的「他」與「張三」；與之相對的為「動詞句」。

詞序 (Word order)

句子或詞組成份中詞之先後次序，有些語言詞序較為自由，有些則固定不變。

詞根 (Root)

指詞裡具有語意內涵的最小單位。

詞幹 (Stem)

在構詞的過程中，曲折詞素所附加的成份，可以是詞根本身、詞根加詞根所產生的複合詞、或詞根加上衍生詞綴所產生的新字。

詞綴 (Affix)

構詞中，只能附加於另一詞幹而不能單獨存在的成份，依其附著的位置可區分為前綴（prefixes）、中綴（infixes）與後綴（suffixes）三種。

十三劃

圓唇 (Rounded)

發音時，上下唇收成圓形而發的音，如 /u/ 音。

塞音 (Stop)

發音時，氣流完全阻塞後突然打開，讓氣流衝出而發的音，如 /p/ 音。

塞擦音 (Affricate)

由塞音和擦音結合而構成的一種輔音。發音時，氣流先完全阻塞，準備發塞音，解阻時以擦音發出，例如英語的 /tʃ/、國語的 /ち/ (ts)。

滑音 (Glide)

發音時舌頭要滑向或滑離某個位置，如 /w/ 或 /y/音，經常會作為過渡而發的音。

十四劃

違反事實的子句 (Counterfactual clause)

　　條件子句的一種，所陳述的條件與事實不符，如「早知道，就不來了」一句中的「早知道」。

實現狀 (Realis)

　　指已發生或正在發生的事件。

構擬 (Reconstruction)

　　指依據比較具有親屬關係之語言現存的相似特徵，重建或復原其原始語的過程。

貌 (Aspect)

　　事件內在的結構的文法表徵，可分為「完成貌」、「起始貌」、「非完成貌」、「持續貌」與「進行貌」。

輔音 (Consonant)

　　發音時，在口腔或鼻腔中形成阻塞或狹窄的通道，通常氣流被阻擋或流出時可明顯的聽到。

輔音群 (Consonant cluster)

　　出現在同一個音節起首或結尾的相連輔音，通常其組合會有某些限制，例如英語音節首最多只允許 3 個輔音同時出現。

領屬格 (Genitive case)

　　表達領屬或類似關係的格位。

十五劃以上

樞紐結構 (Pivotal construction)

　　複雜句結構的一種，其第一個子句的賓語，同時扮演第
　　二個子句之主語。如國語「我勸他戒煙」一句中，「他」
　　是第一個動詞「勸」的賓語，同時也是第二個動詞「戒
　　煙」的主語。

複雜句 (Complex sentence)

　　由一個以上的子句所構成的句子。

論元 (Argument)

　　動詞要求的語法成份，如在「我喜歡語言學」一句中，
　　「我」及「語言學」為動詞「喜歡」的兩個論元。

齒音 (Dental)

　　發音時舌尖觸及牙齒所發出的音，例如英語的 /θ/ /ð/ 等
　　音。

濁音 (Voiced)

　　指帶音的輔音，發音時聲帶會振動，與之相對的為「清
　　音」。

謂語 (Predicate)

　　語法功能分析中，扣除主語的句子成份。

選擇問句 (Alternative question)

　　問句之一種，回答為多種選項中之一種。

靜態動詞 (Stative verb)

表示狀態的動詞,通常不能有進行式,如國語的「快樂」。

擦音 (Fricative)

發音方式的一種,發音時,器官中兩部分很靠近但不完全阻塞,留下窄縫,讓氣流從縫中摩擦而出,例如國語的 /ㄙ/ (s)。

簡單句 (Simple sentence)

只包含一個動詞的句子。

顎化 (Palatalization)

指非硬顎部位的音,在發音時,舌頭因故往硬顎部位提高的過程。如英語 tense 中的 /s/ 加上 ion 後,受高元音 /i/ 影響讀為 /ʃ/。

關係子句 (Relative clause)

對名詞組的名詞中心語加以描述、說明、修飾的子句,如英語 "The girl who is laughing is beautiful" 一句中,"who is laughing" 即為關係子句。

聽話者 (Addressee)

說話者講話或交談的對象。

顫音 (Trill)

發音時,利用某一器官快速拍打或碰觸另一器官所發出的音。

讓步子句 (Concessive clause)

表讓步關係,例如國語中,由「雖然…」、「儘管…」所引介的子句。

索 引

國家圖書館出版品預行編目資料

邵語參考語法／黃美金作. —初版. —臺北
市：遠流, 2000〔民89〕
面； 公分. —（臺灣南島語言；4）
參考書目：面
含索引
ISBN 957-32-3890-X（平裝）

1. 邵語

802.994   89000116